Fiona Longmuir
Auf der Suche nach Emily McCrae

Für Sophie, für die bisher all meine Geschichten waren

FIONA LONGMUIR

AUF DER SUCHE NACH EMILY MCCRAE

Aus dem Englischen
von Bianca Dyck

KNESEBECK

LILY

EINS

Lily Hargan war unglücklich. Edge, ihre neue Heimatstadt, war winzig und auf den ersten Blick nicht besonders nett. Eine von diesen Bloß-nicht-blinzeln-sonst-hast-du-sie-verpasst-Küstenstädten, die man auf dem Weg zu einem aufregenderen Ort vom Auto aus sah. Eine Stadt, die irgendwie dazwischenlag, mit zerklüfteten Klippen, sonnengebleichten Fensterläden und schiefen Gehwegen.

Lily war auch winzig und auf den ersten Blick nicht besonders nett, daher könnte man meinen, diese Ähnlichkeit würde ein wenig Zuneigung für die Stadt in ihr hervorrufen. Gleich und gleich gesellt sich gern und so. Aber nicht in diesem Fall.

Lily vermisste die Großstadt. Sie vermisste die Gebäude, die hoch in den Himmel ragten, den Lärm, das Gedränge der Menschen, die Tausenden von Ereignissen, die sich geradezu überschlugen. Sie saß gern im Park und dachte sich Geschichten über die Menschen aus, die an ihr vorbeihuschten.

Die Frau mit der riesigen Sonnenbrille war eine berühmte Schauspielerin undercover, die mit dem alten Rollkoffer auf der Flucht vor ihrer grausamen Familie war. Und die Dame mit dem schicken Mantel? Die größte Juwelendiebin auf der Welt.

Hier war dieses Spiel sinnlos. Alle in Edge kannten einander, und damit hatte es sich erledigt. Die Leute hier hatten alle ein beständiges, normales Leben. Was sollte man damit schon anfangen?

Lily hatte ein wenig Hoffnung verspürt, als sie entdeckt hatte, dass es in Edge ein Piratenmuseum gab. Also hatte sie ihr Fernrohr und ein Erdnussbuttersandwich eingepackt und war losgezogen, um einen vergrabenen Schatz zu finden oder wenigstens ein paar grausige Piratenlegenden.

Fehlanzeige! In dem Museum gab es nur einen Haufen alter Bücher mit unlesbarer Schnörkelschrift, zerschlagene Holzplanken, die vielleicht irgendwann einmal Teile eines Boots gewesen waren, und Fotos von der Stadt, die nur Lilys Vermutungen bestätigten: In Edge hatte sich seit hundert Millionen Jahren nichts verändert. Sie konnte kaum glauben, dass sie es geschafft hatten, *Piraten* langweilig zu machen.

Da sie nichts zu tun hatte, war Lily dazu übergegangen, trübsinnig durchs Haus zu wandern. Entweder fiel ihrer Mum das nicht auf oder sie ignorierte es einfach – sie war immerzu fröhlich, brachte Taschen voller Muscheln nach Hause und ließ sich endlos über die Wunderwirkung der frischen Luft aus. Soweit Lily sich erinnerte, gab es auch in der Großstadt mehr als genug Luft. Und die roch wenigstens nicht nach Fisch.

Kurz bevor die Schule angefangen hatte, hatte Lily sich damit getröstet, dass sie bald so viel Aufmerksamkeit bekommen würde wie ein Star, weil sie die Neue war: die mysteriöse Fremde, das Großstadtmädchen, ein Schwan in einer Schar Möwen. Doch als der erste Tag dann gekommen war, war ihr Selbstbewusstsein auf null geschrumpft. Ehrlich gesagt, war es überhaupt nicht lustig, die Neue zu sein.

Das gut gemeinte Lächeln ihrer Mitschüler jagte ihr ein irritiertes Kribbeln über die Haut. Sie hatten Mitleid mit ihr – das wusste sie. Lily tat ihnen leid, weil sie keine Freunde hatte. Sie konnte sich ihre höflichen, eingeübten Fragen genau vorstellen: *Oh, du kommst aus der Großstadt? Wie findest du Edge?* Da würde sie lieber tot umfallen. Und deshalb aß sie ihr Mittagessen im Klassenraum ihrer Englischlehrerin.

Lily mochte Ms Hanan: Sie lachte viel, und mit ihrem knalligen Lippenstift und den gemusterten Hijabs war sie die glamouröseste Person, die Edge zu bieten hatte. Nicht dass es viel Konkurrenz gab.

Im Klassenzimmer lagen überall Bücher verteilt und Ms Hanan ermutigte Lily dazu, sich zu bedienen.

»Das ist eins meiner Lieblingsbücher.«

Lily blickte auf. »Welches?«

Ms Hanan zeigte auf das Buch in Lilys Hand. »*Wilbur und Charlotte*. Das mag ich mit am liebsten.«

»Oh. Ja, ich auch.«

Diese Ausgabe gehörte Lily. Ms Hanans Mund zuckte anerkennend, während sie den abgenutzten Umschlag und die liebevoll umgeknickten Eselsohren musterte. Lily hatte sich schon immer mit Büchern umgeben, denn die waren verlässlicher als Menschen. Ein Buch würde niemals ein Versprechen brechen. Ein Buch würde niemals fragen, wie es dir geht, nur um dann über sich selbst zu reden. Ein Buch würde auch niemals supernervig lachen. Bücher waren immer da, bereit, dich mitzunehmen und dich festzuhalten, wann immer du sie brauchst. Sie waren die perfekte Gesellschaft.

Plötzlich fiel Lily auf, dass sie schon fünfmal denselben Satz gelesen hatte.

»Ich habe mich immer ein bisschen in der Bauerntochter wiedererkannt«, sagte Ms Hanan. »Als Kind hatte ich eine Schwäche für hoffnungslose Fälle. Ich bin ständig mit Einmachgläsern voller Raupen und Eimern voller Krabben nach Hause gekommen. Wenn mein Dad mir dann gesagt hat, dass wir sie nicht behalten können, habe ich jedes Mal bitterlich geweint.«

Lily kräuselte die Nase. Sie hatte die Bauerntochter irgendwie immer langweilig gefunden.

»Ich glaube, ich bin eher wie Charlotte, die Spinne.«

Ms Hanan nickte. »Das ist gut. Sie ist intelligent und treu.«

»Und seltsam?«

»Wir brauchen alle ein bisschen Seltsamkeit in unserem Leben. Seltsam ist gut.«

Lily zuckte mit den Schultern.

»Und sie ist auch unabhängig. Wie du. Aber ihr Abenteuer fängt erst richtig an, als sie mutig genug ist, sich mit jemandem anzufreunden.«

Lily klappte das Buch zu. »Reden wir immer noch über das Buch?«

Ms Hanan lachte. »Ist nur eine Feststellung: Vielleicht hätte Charlotte ihr ganzes Leben in der Ecke der Scheune verbracht, wenn sie nicht den Mut gehabt hätte, jemandem Hallo zu sagen.«

»Sie sagt ›Sei gegrüßt‹.«

»Weil sie eine Angeberin ist.«

»Es bringt ja auch nichts, schlau zu sein, wenn man damit nicht mal angibt.«

Ms Hanan schüttelte den Kopf. »Du hast recht. Du bist *wirklich* eine Charlotte. Und deshalb werde ich dir jetzt eine Hausaufgabe geben. Ich möchte, dass du genau dasselbe tust wie Charlotte. Ich möchte, dass du eine Freundschaft schließt. Na ja, nicht ganz. Ich möchte, dass du vor dem Unterricht am Montag zu jemandem in der Schule Hallo sagst.«

Lilys Kopf schnellte hoch. »Das können Sie nicht als Hausaufgabe aufgeben!«

Ms Hanans Augen leuchteten. Sie sah absolut zufrieden mit sich aus. »Oh doch.«

»Aber Miss!«

»Kein Aber. Ich erwarte dich am Montagmorgen mit erledigter Hausaufgabe in meinem Unterricht.«

»Aber alle hier sind so …« Lily beendete ihren Satz nicht, weil Ms Hanan eine Augenbraue hob.

»Ich sage ja nicht, dass du gleich heiraten sollst. Sag einfach Hallo. Und wenn du es nur von Weitem rufst und dann wegläufst. Obwohl die anderen das vermutlich komisch finden würden.«

»Die finden mich sowieso schon komisch.«

»Tun sie nicht. Und jetzt los, such dir jemanden aus. Vielleicht wirst du überrascht.«

Das bezweifelte Lily.

ZWEI

Wie jede andere Straße in Edge endet auch die, auf der Lily sich in dem Moment befand, an der Küste. Das Wasser lag trüb und flach zwischen den schroffen Felsen, die Wellen saugten gierig am Ufer. Als ihre Mum ihr erzählt hatte, dass sie an die Küste ziehen würden, hatte Lily wenigstens auf makellose, weiße Sandstrände gehofft wie die im Fernsehen.

Aber die Strände von Edge sahen ganz anders aus. Der Sand war dunkel und übersät mit Kies und Muscheln. Überall lagen Algen rum, und in den zerklüfteten Felsen waren Tümpel, in denen es vor Lebewesen nur so wimmelte.

Lily weigerte sich, irgendetwas davon interessant zu finden, egal wie begeistert ihre Mum davon war. Am Strand saßen einige Familien verstreut, bauten Burgen und schrieben ihre Namen mit großen Stöcken in den Sand. Seufzend drehte Lily sich weg, um nach Hause zu gehen.

Die Straße schlängelte sich vor ihr in die Ferne. Hier war sie vorher noch nie gewesen, aber es konnte nicht mehr weit sein. Es kam ihr vor, als könnte man mit nur hundert Schritten die ganze Stadt durchqueren, also war eigentlich alles nah. Sie bog an der nächsten Gasse links ab und runzelte die Stirn. Hier sah alles genauso aus wie in der Straße, aus der sie kam.

Die hohen, gekalkten Häuser erstreckten sich vor ihr wie Papierbögen mit ihren bunten Türen und gepflegten

Blumenkästen als Farbklecksen. Lily pflückte eine Blume ab, fühlte sich dann aber schuldig. Also steckte sie sie wieder zurück. Vor der nächsten Kreuzung blieb sie abrupt stehen. Noch eine identische Straße. Sie hatte sich definitiv verlaufen! So langsam fragte sie sich, ob das Ganze nur ein Albtraum war. Eine endlose Straße aus Edge-Häusern, die sie für alle Ewigkeit umzingeln würden.

Sie versuchte, ihre Schritte zurückzuverfolgen, um wieder zur Hauptstraße zu gelangen, aber sie war schon zu oft abgebogen. Das Flüstern des Meeres war ununterbrochen zu hören. Sie holte ihr Handy heraus und tippte schon den Namen ihrer Mum ein, bevor sie es wieder zurück in ihre Tasche steckte. Sie war zwölf Jahre alt. Sie konnte nicht ihre Mum anrufen und ihr sagen, dass sie sich verlaufen hatte wie ein kleines Kind. Außerdem wusste sie nicht einmal, wie sie ihren Standort beschreiben sollte. *Ach ja, ich bin auf dieser Straße, die aussieht wie jede andere. Ich hoffe, du findest mich, bevor ich verhungert bin!* Da suchte sie lieber allein weiter.

Lily war sich nicht sicher, was genau sie auf die Tür aufmerksam gemacht hatte. Denn sie befand sich zwischen zwei identischen weißen Häusern und war so schmal, dass sie sie fast übersehen hätte. Sie war in einem dunklen, glänzenden Grün gestrichen und einen Spaltbreit geöffnet. Lily ging näher heran. Die Lücke zwischen der Tür und dem Rahmen war von Spinnweben überzogen. Sie versuchte hindurchzuspähen, sah aber nichts als Dunkelheit. Doch plötzlich wurde sie das Gefühl nicht los, dass dort drinnen etwas auf sie wartete.

Lily legte die flache Hand an das Holz und drückte zaghaft dagegen. Die Tür öffnete sich mit einem Schwung, der kleine Staubwölkchen aufwirbeln und durch die Luft tanzen ließ. Hier war offensichtlich schon länger niemand mehr gewesen.

Zu Lilys Überraschung gab die geöffnete Tür den Blick auf eine schmale Wendeltreppe frei. Ein kleiner, goldener Pfeil war an die Wand genagelt und zeigte nach oben. Lily sah sich um. Es war niemand da. Sie sollte nach Hause gehen, sie war wirklich spät dran! Andererseits war das hier das einzig Interessante, das sie seit ihrem Umzug nach Edge entdeckt hatte.

Also trat sie ein und stieg die Treppe hinauf. Oben gab es eine weitere unabgeschlossene Holztür. An ihr war eine kleine bronzene Plakette befestigt, auf der das Wort »Museum« stand. Lily wischte den Staub von einer zweiten, kleineren Plakette darunter und beugte sich hinab, um die Schnörkelschrift lesen zu können: *Das Museum von Emily.*

Einen Moment lang sah Lily das Schild blinzelnd an. Was immer sie auch erwartet hatte, das war es sicher nicht gewesen. Sie drückte die Tür auf und betrat das Museum. Vor ihr befand sich ein tiefer Holztisch, doch es stand niemand dahinter. Alles war von einer dicken Staubschicht bedeckt und sie musste ein Niesen unterdrücken. Auf dem Tisch stand eine glänzende Glocke, wie es sie in altmodischen Hotels gab. Lily konnte nicht verhindern, dass sich ein erfreutes Lächeln auf ihr Gesicht stahl. Sie drückte auf die Glocke und genoss ihr kräftiges *Ding*.

»Bedienung, bitte«, sagte sie laut.

Der Klang der Glocke hallte kurz durch den Raum. Niemand kam. Lily räusperte sich leise.

»Hallo?«, rief sie. »Ich würde gerne das Museum besichtigen.«

Allmählich fühlte sie sich albern. Sie drehte sich um und wollte gerade die Treppe hinuntergehen, blieb dann aber doch an der Tür stehen. Mit den Fingerspitzen fuhr sie die einzelnen Buchstaben auf der Plakette nach. Emily hatte sich in Lilys Gedanken festgesetzt wie ein Juckreiz. Seufzend wandte sie sich wieder dem Tisch zu.

»Hallo-oh?«, rief sie noch einmal, nur um sicherzugehen.

Überzeugt davon, dass niemand kommen würde, schlich sie sich auf die andere Seite des Tisches und fing an herumzuschnüffeln. Das Ganze fühlte sich verboten und aufregend an. Die beiden oberen Schubladen waren ärgerlicherweise leer, die unteren interessanterweise verschlossen. Lily zog an ihnen, aber die Schlösser waren stabil und gaben nicht nach.

Ihr fiel ein Buch ein, in dem jemand mit einer Haarnadel jedes Schloss knacken konnte, also wühlte sie in ihren widerspenstigen Locken herum. Erfolg! Sie zog die Klemme aus ihrem Haar und pustete sich die herunterfallenden Strähnen aus den Augen. Dann hockte sie sich vor das Schloss und steckte die Haarnadel hinein. Sie wackelte ein wenig darin herum, während sie ein Ohr an die Schublade gepresst hatte, um auf ein Klicken zu horchen. Nichts! Kopfschüttelnd versuchte sie, die Nadel wieder herauszuziehen. Doch sie steckte fest. Natürlich ... Lily zog fester, zu fest, denn schon brach das Metall und fiel klirrend ins Schloss. Sie fluchte, so laut sie es wagte, und ruckelte hoffnungsvoll an der Schublade. Fehlanzeige.

Hinter dem Tisch befand sich ein kleines Fenster, durch das ein wenig Sonnenlicht ins Zimmer fiel. In der staubigen Luft wirkte das Licht wie ein dicker Streifen, der sich dauernd veränderte. Davon schwirrte Lily ein wenig der Kopf. Sie stellte sich auf die Zehenspitzen, spähte hinaus – und musste über sich selbst lachen. Sie konnte die Hauptstraße sehen. Also musste sie die ganze Zeit über nur eine oder zwei Straßen davon entfernt gewesen sein. Sie kehrte zur Vorderseite des Tisches zurück und las die kleine weiße Plakette, die auf einer Seite stand.

Willkommen im Museum von Emily.
Bitte folge den Pfeilen.

Ein Pfeil zeigte auf einen dunklen Zugang auf der linken Seite. Lily sah auf ihr Handy. Sie war sowieso schon spät dran. Außerdem brauchte sie nur wenige Minuten für den Heimweg, jetzt da sie wusste, wo sie war. Sie konnte sich also genauso gut auch kurz umsehen.

Das Zimmer, das Lily betrat, hatte eine seltsame Form, lang und schmal. Sie blickte zurück zur Wendeltreppe und dachte sich, dass der Raum parallel zur Gasse draußen verlaufen musste. Sie blieb still stehen, bis sich ihre Augen an die Dunkelheit gewöhnt hatten und langsam die Formen um sie herum wahrnahmen. Lily tastete die Wand ab und fand einen Schalter. Ein Klicken ertönte – dann fiel schwaches Licht aus einer Glühbirne an der Decke und erleuchtete die Möbel, die nun lange, wilde Schatten an die Wand warfen.

Eine Seite des Raums war leer und mit dunklem Holz vertäfelt. Auf der anderen erstreckte sich eine Ausstellungsvitrine. Darin sah Lily eine Sammlung schwarzer Rahmen und kleiner Schubladen, die alle ordentlich etikettiert und beschriftet waren. Am Ende des Raums befand sich noch ein Durchgang, über dem ein goldener Pfeil nach unten zeigte.

Die Luft fühlte sich schwer und muffig an und es drangen keine Geräusche von draußen herein, nicht einmal das sonst stets hörbare Meer. Und genau deshalb sprang Lily einen Meter in die Höhe, als ihr Handy plötzlich vibrierte. Sie fischte es aus ihrer Tasche, während ihr das Herz noch gegen die Rippen hämmerte. Ihre Mum. Sie verzog das Gesicht und machte sich bereit.

»Hallo?«

»Lily Hargan, wo zum *Kuckuck* bist du?«

»Tut mir wirklich leid, Mum. Ich wollte anrufen.«

»Ich bin schon ganz krank vor Sorge.«

»Ich weiß. Tut mir leid. Ich wollte anrufen, hab's aber vergessen. Ich … bin mit einer Freundin unterwegs.«

»Einer Freundin?« Ihre Mum verbarg den glücklichen Klang ihrer Stimme kein Stück. »Ich dachte, du magst niemanden in Edge?«

»Ähm, ja, sie ist eine neue Freundin.«

»Wer ist es denn?«

»Ähm, sie heißt Emily. Sie … ist in meiner Klasse.«

»Das ist toll, Schätzchen. Ich freue mich, dass du dich einlebst.«

Lily rieb sich die Stirn. »Ja, es ist großartig.«

»Ich fange jetzt mit dem Abendessen an, also …«

»Okay, ich mache mich auf den Weg. Bin gleich da.«

»Es ist genug da, du kannst Emily also ruhig einladen.«

»Nein!«, rief Lily aus. Sie räusperte sich und zwang sich, wieder in einer normalen Lautstärke zu sprechen. »Heute kann sie leider nicht. Sie isst mit ihrer Familie.«

»Oh. Dann beim nächsten Mal. Sie ist jederzeit willkommen. Ich würde sie gerne kennenlernen.«

»Klar. Bis gleich.«

»Bis gleich, Liebling.«

Lily legte auf und biss die Zähne zusammen. Das würde ihre Mum auf keinen Fall vergessen. Wie sollte sie in diesem Kaff nun eine falsche Emily auftreiben?

Sie ging auf die Vitrine zu und blickte hinein. Das erste Ausstellungsstück war ein vergilbtes Blatt Papier in einem Bilderrahmen, das mit einer dunklen, klebrig aussehenden Substanz beschmiert war. Mit ihrem Ärmel befreite Lily das Glas vom Staub. Die Knicke im Papier waren tief und ein wenig pelzig, als wäre es sehr oft gefaltet und wieder geöffnet worden. Darauf stand in einer schönen, ordentlichen Handschrift geschrieben:

Mums Rezept für Apfelkuchen. Wie an Emilys Geburtstag zubereitet.

EMILY

DREI

Das Haus war erfüllt vom Duft kochender Äpfel. Normalerweise war das das Beste am Apfelkuchen – sogar noch besser als das erste Stück. Der warme, kräftige Duft, wenn der Zucker zu Karamell schmolz und die Äpfel auseinanderfielen. Aber genau das traf Emily mitten ins Herz.

Es war jetzt vier Tage her. Vier Tage, seitdem jemand das kleine Boot ihrer Mum leer in der Bucht vorgefunden hatte. Vier Tage, seitdem die Polizei ihnen mitgeteilt hatte, dass niemand, der auf diese stürmische See hinausgerudert war, wieder zurückkommen würde. Und Emily hatte es nicht geglaubt. Sie war sich so sicher gewesen. Die Polizisten hatten Emilys Mum nie schwimmen sehen, deswegen verstanden sie auch nicht, dass sie ein Teil des Meeres war, dass das Meer ihr nie wehtun würde. Doch heute war Emilys Geburtstag, und ihre Mum war wirklich nicht zurückgekehrt.

»Da ist zu viel Wasser im Teig«, sagte Caitlyn. »Deshalb klebt er so.«

Caitlyn war Emilys ältere Schwester.

»Ich halte mich an Mums Rezept«, sagte Emily. »Und da steht, dass so viel reinmuss.«

»So funktioniert Backen aber nicht«, sagte Caitlyn, während sie Mehl auf den nassen Teig auf der Arbeitsplatte streute. »Es ist wie Magie. Du musst es *fühlen*.«

Sie legte die Hände auf Emilys, um ihr zu zeigen, wie man das Mehl verknetet. Langsam wurde der Teig fester und klebte nicht mehr an der Platte. Mit grimmiger, entschlossener Miene holte Emily das Nudelholz. Caitlyn legte ihr eine Hand auf den Kopf.

»Warte.« Sie tauchte den Zeigefinger und den Daumen in den Mehlsack und schmierte Emily etwas davon auf die Nase. Dann tat sie dasselbe bei ihrer eigenen. »So, perfekt. Jetzt können wir ihn ausrollen.«

Emilys Mund zuckte, nur ganz leicht.

»Erzähl mir eine Geschichte. Erzähl mir von Opa und dem Piraten.«

»Die habe ich dir schon eine Million Mal erzählt«, sagte Caitlyn, beschwerte sich aber nicht wirklich. Sie erzählte diese Geschichte genauso gern, wie Emily sie hörte. Es war eine alte Familiensage, die von einer Generation zur nächsten weitergetragen wurde.

»Nun, es ist Hunderte von Jahren her. Damals gehörte unserer Familie noch der Leuchtturm, und Ururopa John hielt das Licht am Leuchten, wie es schon sein Vater und auch dessen Vater vor ihm getan hatten.« Caitlyn machte eine Pause, um die Äpfel umzurühren. Als sie den Deckel vom Topf nahm, füllte sich die Küche mit süß duftendem Dampf. »In dieser Nacht gab es einen heftigen Sturm. Blitze zerrissen den Himmel, der Wind heulte laut und der Regen schlug so heftig gegen den Leuchtturm, dass Opa John dachte, die Scheibe würde platzen. Aber sie hielt stand, und er hielt die Flamme am Leuchten, obwohl er wusste, dass niemand verrückt genug war, bei diesem Wetter zu segeln.«

»Nun ja, *fast* niemand«, sagte Emily.

Caitlyn nickte ernst. »Richtig. Denn als das Licht auf die schäumende See hinausschwenkte, erblickte er das Unmögliche.«

»Ein Boot!«

»Die *Überreste* eines Boots. Und einen Mann, halb ertrunken, der sich an den Trümmern festklammerte.« Bei den Worten stockte Caitlyns Stimme leicht. Sie schluckte. Emily sah zu ihr hoch, aber Caitlyns Gesicht blieb ruhig und gelassen. »Jetzt hatte Opa John eine Entscheidung zu treffen. Er wusste, dass er sein Leben riskieren würde, wenn er dem Mann half. Doch er wusste auch, dass es seine Pflicht war. Also bereitete er sein Boot vor und ruderte in den Sturm hinaus.«

Emily legte ihren Teig in die Kuchenform und drückte ihn in die Ecken.

»Mehr als einmal wäre das Boot fast gekentert und Opa John atmete literweise Meerwasser ein.«

»Seine Lungen waren nie wieder wie vorher.«

»Nie wieder. Aber er war ein hervorragender Seemann. Er hielt das Boot auf Kurs und brachte den Mann in

Sicherheit. Der war dem Tode nahe, als Opa John ihn erreichte, aber er brachte ihn ins Warme und ließ ihn am Feuer sitzen, bis er sich nach und nach erholte. Und da erzählte er Opa John sein Geheimnis.«

Caitlyn machte eine dramatische Pause, während sie die Äpfel auf Emilys Teig schüttete. Sie beugte sich zu ihrer kleinen Schwester vor, und obwohl sie die Geschichte schon hundertmal gehört hatte, beschleunigte sich Emilys Herzschlag.

»Der Fremde war ein Pirat«, flüsterte Caitlyn. »Er hatte viele Jahre damit verbracht, in alle Ecken der Welt zu segeln, hatte Schiffe geentert und Schätze gestohlen, wann immer er konnte. Doch nachdem er fast dem Tod begegnet und Opa John so mutig gewesen war, hatte er seine Lektion gelernt. Er würde sich ändern. Und um Opa John zu danken, machte der Pirat ihm ein Geschenk.«

Caitlyn schnitt die überstehenden Ränder des Teigs mit einem scharfen Messer ab.

»Einen Diamanten«, sagte sie. »So groß wie die Faust eines Mannes. Den hatte er einer Königin gestohlen, die ihn wiederum von jemand anderem gestohlen hatte. Er war Millionen wert. Und nun gehörte er Opa John.«

Emily schnitzte Blätter in den übrigen Teig. »Aber ...«

»Aber es gab ein Problem. Ururopa Johns ältester Sohn war ein Nichtsnutz.«

»Er war ein Halunke!«

»Ein Schurke!«

»Der Schlimmste von allen!«

»Ganz genau. Also versteckte Opa John den Diamanten an einem sehr geheimen Ort, weit weg von seinem gierigen, niederträchtigen Sohn. Und dort wartet er nun darauf, dass jemand mit klugem Kopf und reinem Herzen ihn findet.«

Emily seufzte und drückte ihre Teigblätter auf den Kuchen. »Ich wünschte, ich hätte einen Diamanten, so groß wie die Faust eines Mannes.«

»Ich auch.«

»Aber leider werden Wünsche nie wahr.«

Eine Träne lief ihr über die Nase und tropfte auf die bemehlte Arbeitsfläche. Caitlyn zog Emily an sich und vergrub das Gesicht in ihrem Haar. Dann lehnte sie sich zurück und wischte die Tränen ihrer Schwester mit den Fingerspitzen weg.

»Alles wird gut. Es gibt andere Arten von Schätzen.«

LILY

VIER

Es war Montagmorgen und Lily verfiel in Panik, weil sie Ms Hanans »Hausaufgabe« nicht erledigt hatte. Das Museum hatte sie abgelenkt, hatte ihre Gedanken das ganze Wochenende lang eingenommen, aber nun, wo sie bei der Schule angekommen war, gab es kein Entkommen mehr.

Langsam betrat sie den Spielplatz und versuchte, Blickkontakt mit jemandem herzustellen, sah dann aber sofort nach unten, wenn tatsächlich jemand ihren Blick erwiderte. Feigling. Sie stellte sich an die Seite, um sich selbst zu schimpfen. Es war nur ein Wort. Fünf Sekunden ihres Lebens. Sie würden ja nicht gleich Freunde werden müssen. Sie könnte es einfach sagen, auf die langweilige Antwort warten und dann Ms Hanan erzählen, dass sie es versucht hatte, aber dass es einfach das Beste wäre, wenn sie ihre Klassenkameraden weiterhin mied. Sie wappnete sich und ging noch einmal auf den Spielplatz.

Warum dachten Erwachsene eigentlich ständig, dass sie helfen mussten? Sie machten fast immer alles nur noch schlimmer. Innerlich verfluchte sie Ms Hanan, sah sich aber auf dem Spielplatz um. Sie wusste einfach nicht, wie sie auf jemanden zugehen oder in ein Gespräch hineinplatzen sollte. Wie sich herausstellte, musste sie das auch gar nicht.

»Hallo.«

Lilys Kopf schnellte hoch, und sie blickte in ein Paar sehr großer, sehr grüner Augen. Ein Mädchen war vor ihr aufgetaucht und lächelte sie an, als würden sie sich schon ein Leben lang kennen.

»H-hallo«, sagte Lily und sah das Mädchen blinzelnd an, während sie sich fragte, ob sie es aus dem Nichts heraufbeschworen hatte.

Das Mädchen streckte ihr die Hand entgegen. »Ich bin Sam. Ich glaube, ich wohne neben dir.«

»Oh. Hi.«

Lily hatte noch nie jemandem die Hand geschüttelt. Es fühlte sich angenehm erwachsen an. Sam steckte die Hände wieder in die Taschen ihres karierten Mantels. Dann lehnte sie sich an die Wand und sah Lily erwartungsvoll an.

»Was ist?«

»Sagst du mir nicht, wie du heißt?«

»Oh, doch. Sorry. Ich bin Lily.«

Lily knabberte an ihrem Daumennagel. Sie war sich sicher gewesen, dass die Bewohner von Edge alle genauso klein und langweilig waren wie die Stadt selbst. Aber dieses

Mädchen sah interessant aus, mit den gemusterten Flicken an ihren Knien, den Haaren bis zur Taille und den tiefen Grübchen an ihren Mundwinkeln. Sie sah aus wie … Lily schüttelte den Gedanken aus ihrem Kopf, bevor ihr albernes Hirn ihn beenden konnte. Es klingelte, und der Schultag fing an. Sam drückte sich zögerlich von der Wand ab.

»Also dann, man sieht sich!«

Lily öffnete den Mund, um zu antworten, aber Sam war schon weg, ihr dunkles Haar wehte hinter ihr, als sie den Flur entlangrannte. Lily zuckte mit den Schultern und ging in ihren Klassenraum.

***

Am Ende des Tages begegnete sie Sam erneut: Sie saß auf der Schulmauer und schlug die Füße gegen den Backstein. Als sie Lily entdeckte, winkte sie wild.

»Hallo! Ich habe auf dich gewartet.«

»Warum?«

»Weil du dein Mittagessen jeden Tag alleine mit einer Lehrerin isst, und das ist doof. Also dachte ich, wir könnten zusammen nach Hause gehen. Außerdem liegt mein Freund Jay, der sonst immer mit mir geht, krank im Bett. Wenn wir also nicht zusammen gehen, dann gehst du alleine und ich gehe auch alleine, und zwar etwa zwei Meter hinter dir. Und das wäre dämlich.«

»Okay.«

»Du redest nicht sehr viel, oder?«

»Sorry.«

»Schon okay, ich rede viel zu viel. Wir passen also gut zusammen. Ich kann mir gar nicht vorstellen, wie es sein muss, wenn man neu ist. Ich lebe schon mein ganzes Leben lang hier. Ist es unheimlich, wenn man umzieht? Magst du Edge?«

Lily rümpfte die Nase. »Ich bin noch nie irgendwo gewesen, wo es weniger unheimlich ist als hier. Es muss ja überhaupt mal was passieren, damit es unheimlich sein kann.«

»Hey! Edge ist meine Heimatstadt, weißt du.«

»Sie ist trotzdem langweilig.«

»Gib ihr eine Chance. Vielleicht überrascht sie dich ja.«

»Das sagen alle.«

»Gefällt es deinen Eltern hier?«

»Meine Mum und ich sind alleine. Ich denke, ihr gefällt es. Früher hat sie es in der Großstadt geliebt und dann ... nicht mehr. Also sind wir hergezogen.«

»Ein reiner Mädchenhaushalt! Da werde ich ganz neidisch. Ich habe zwei Dads und Zwillingsbrüder, aber gar keine anderen Mädchen. Sogar unser *Hund* ist ein Junge. Dabei wollte ich immer eine Schwester.«

»Ich auch. Ich bin immer neidisch auf Menschen gewesen, die viele Geschwister haben.«

»Nicht wenn du meine Brüder kennen würdest. Sie sind schrecklich.«

Lily kickte einen Kiesel weg. »Das sind sie bestimmt nicht.«

»Nein, wahrscheinlich hast du recht. Sie sind nicht schrecklich. Aber sie sind *Jungs*, weißt du? Ich habe meine Dads immer angebettelt, dass sie mir eine Schwester besorgen sollen, aber so funktioniert das wohl nicht.«

Lily wusste nicht, was sie dazu sagen sollte.

»Sollen wir einfach Schwestern sein?«, fragte Sam.

»Was?«

»Du und ich. Sollen wir Schwestern sein?«

Lily lachte. »Du kennst mich doch gar nicht.«

»Stimmt. Aber ich mag dich trotzdem. Auch wenn du irgendwie still und seltsam bist.«

»Hey!«

Sam grinste und stupste Lily sanft an. »Ich mache nur Spaß. Du bist ein bisschen still und seltsam. Aber auf eine geheimnisvolle Art. Also was ist jetzt? Schwestern?«

»Ich denke drüber nach.«

Sie gingen an Sams Haus vorbei. Es hatte ein gelbes Tor und gepflegte Blumenkästen. Um die Tür herum wuchs Geißblatt. Als Lily eingezogen war, hatte sie es für putzig gehalten. Jetzt fand sie es ziemlich hübsch. Sam folgte ihr an dem Haus vorbei und in Lilys Garten, während sie ununterbrochen redete. Lilys Mum musste den Lärm gehört haben und kam nach draußen … Trug sie etwa eine Schürze?

»Hallo, hallo. Ich dachte mir doch, dass du es bist. Und du musst Emily sein!«

»Äh nein, bin ich nicht. Ich bin Sam. Ich wohne nebenan.«

»Oh! Ich habe deine Eltern vorhin getroffen, Sam. Ich habe noch einen Jungen erwartet.«

Sam zuckte mit den Schultern. »Das höre ich oft. Ich glaube, sie dachten, ich würde ein Junge werden, und dann war es zu spät, um mich umzutauschen.«

Lilys Mum lachte. »Du fotografierst gerne, richtig?«

»Genau.«

»Was fotografierst du denn so?«

»Eigentlich alles, was mir so ins Auge springt. Meistens interessante Dinge in der Stadt.«

»Dann kannst du vielleicht Lilys Interesse für Edge wecken. Nichts, was ich sage, scheint zu helfen.«

Lily stöhnte.

»Bist du auch in Lilys und Emilys Klasse?«

»Ja. Also in einigen Kursen jedenfalls.«

Lily räusperte sich deutlich. Ihre Mum wurde ein wenig rot.

»Wenn ihr mögt, hole ich euch was zu trinken. Magst du Limonade, Sam?«

»Ich liebe Limonade, vielen Dank, Ms Hargan.«

Sam lächelte, während Lilys Mum im Haus verschwand. Doch sobald sich die Tür hinter ihr schloss, riss Sam den Kopf ruckartig zu Lily herum. Die schlang ihre Arme um sich.

»Was ist?«

»Ich lebe schon mein ganzes Leben hier. Und selbst wenn nicht, dann würde ich trotzdem die Namen *aller* Mädchen in unserem Jahrgang kennen. Also, wer ist Emily?«

FÜNF

Es machte Sam nur noch neugieriger, dass Lily drauf beharrte, sie wüsste nicht, wer Emily sei. Und da Lily spürte, dass es sinnlos war, sich noch länger querzustellen, versprach sie Sam, dass sie es ihr zeigen würde.

Am folgenden Samstag klopfte Sam an Lilys Haustür – um acht Uhr morgens. Das gefiel Lily überhaupt nicht, aber Sam machte es wieder gut, indem sie zwei gigantische Pains au Chocolat aus ihren Manteltaschen holte. Das Gebäck war noch ofenwarm, als Lily hineinbiss, und die Schokolade floss in ihren Mund. Superlecker!

Es war einer dieser Herbsttage, an denen die Sonne kaum über den Horizont hinauskam und gerade so über die Dächer der Stadt ragte, wodurch die Schatten der Häuser dünn und nadelscharf aussahen. Lily verfolgte die geschwungenen Wege zurück, war sich aber nicht sicher, ob sie die Tür zum Museum wiederfinden würde. Sie fragte sich sogar langsam, ob sie sich das nicht alles eingebildet hatte. Die ganze Sache war seltsam.

Doch als die beiden um die Ecke bogen, war sie da: die grüne Tür in einem der weißen Häuser, die alle so gleich aussahen. Lily fragte sich, wie um alles in der Welt sie sie beim ersten Mal entdeckt hatte. Tatsächlich lief Sam plappernd an ihr vorbei und merkte erst nach einigen Schritten, dass Lily nicht mehr neben ihr herging. Sie blickte von Lily zur Tür und wieder zurück.

»Das ist es? Das ganze Geheimnis nur wegen einem Haus?«

»Es ist kein normales Haus«, sagte Lily und schob die Tür auf. »Ich weiß nicht, was es ist.«

Sams Augen leuchteten auf, als die Wendeltreppe zum Vorschein kam. Sie schenkte Lily ein aufgeregtes Lächeln und drückte ihre Hand, bevor sie zwei Treppenstufen auf einmal nahm. Einige Augenblicke lang war es still, dann drang der Klang der Glocke an Lilys Ohren. Sie biss sich auf die Lippe, um sich ein breites Grinsen zu verkneifen, und folgte Sam nach oben. Diese stand an der Tür und fuhr den Namen des Museums mit den Fingerspitzen nach.

»Was ist das hier?«

»Keine Ahnung. Aber komm rein und sieh es dir an. Du wirst es nicht glauben!«

Lily ging an Sam vorbei und stieß die Tür zum ersten Raum auf. Die Stille des Museums und die ruhige, schwere Luft nahmen ihr den Atem.

»Wow.«

Sams Stimme war nur noch ein Flüstern. Sie hielt sich nah an der Wand, und ihre Nase blieb nur wenige Zentimeter vor dem Glas stehen, hinter dem sich das Rezept für den Apfelkuchen befand. Ihr Blick wanderte durch den Raum.

»Ich glaube, das Museum nimmt den Platz von zwei Häusern ein. Mindestens«, sagte Lily.

»Das ist unglaublich. Was ist im nächsten Zimmer?«

»Ich weiß nicht. Ich habe mir noch nicht mal alles in diesem angeguckt. Also bist du vorher noch nie hier gewesen?«

»Noch nie. Ich wusste nicht mal, dass es existiert. Wie hast du es gefunden?«

»Weiß nicht. Irgendwie einfach ... so.«

»Warum hast du deine Mum angelogen? Wegen Emily.«

»Das weiß ich nicht so ganz. Es hat sich einfach angefühlt, als würden Erwachsene es eh nicht verstehen.«

»Ich glaube nicht mal, dass *ich* es verstehe.«

»Ich auch nicht.«

»Aber ich finde es großartig!«

»Ich auch.«

Lily beugte sich zu einem Ausstellungsstück vor und versuchte, das Lächeln auf ihrem Gesicht zu verbergen. Sie hatten ein Geheimnis. Obwohl sie es nicht wollte, fühlte es sich gut an. Die Anordnung der Gegenstände schien keinem Muster zu folgen, abgesehen davon, dass sie alle klein und unauffällig waren – und alle Emily gehört hatten. Nun ja, mehr oder weniger. Lily kicherte, als sie die Beschriftung auf dem Schild vor sich las.

Ein Lippenstift, stibitzt von Caitlyn.

Auf einem anderen weiter unten stand:

Ein Bleistift, geliehen von Tony Ross.

Sam begutachtete eine zarte gepresste Blume. Sie war so dünn wie Papier, die Zeit und das Sonnenlicht hatten sie fast farblos gemacht. Sams Fingerabdrücke waren auf dem dreckigen Glas deutlich zu sehen.

»Ich kenne diese Blumen«, murmelte Sam. »Sie wachsen in den Spalten zwischen den Felsen. Emily muss aus der Gegend gewesen sein.«

»Danke, du Genie. Darauf bin ich auch schon gekommen.«

Sam knuffte Lily freundschaftlich in die Rippen, ohne dabei den Blick von der Blume zu nehmen. Ein strahlendes Grinsen breitete sich auf ihrem Gesicht aus. »Es ist ein Geheimnis. Ein richtiges, echtes Geheimnis, wie im Film.«

»Ich weiß. Warum ist das alles hier?«

»Ich habe keine Ahnung. Glaub mir, wenn eine Person aus Edge etwas so Interessantes getan hätte, dass sie ein Museum verdient hätte, dann wüsste ich das. Die einzigen wirklich interessanten Menschen waren die Piraten, und die haben schon ein Museum.«

»Ich glaube nicht, dass Emily eine Piratin war. So fühlt es sich nicht an. Alles hier ist so …«

»Alltäglich«, beendete Sam. »Aber warum sollte ein normales Mädchen ein Museum bekommen?«

Lily ging auf die Tür auf der anderen Seite des Raums zu. »Komm, lass uns gucken, was es unten gibt.«

Die beiden Mädchen folgten dem goldenen Pfeil am Ende des Raums, wobei ihre Schritte auf der alten Treppe laut nachhallten. Als sie die letzten Stufen erreichten, keuchten sie gleichzeitig auf. Licht strahlte aus einer Ansammlung von Glühbirnen, so sanft und gelb wie Kerzenschein. Sie waren in unterschiedlichen Höhen an der Decke befestigt und dazwischen hingen Tropfen aus Spiegelglas, die das Licht einfingen und es durch die Luft funkeln ließen. Am Ende des Raums entdeckten sie im tanzenden Licht einen weiteren Pfeil.

»Ich kann mich nicht ganz entscheiden, ob ich es schön finde oder unheimlich.«

»Ich auch nicht.«

Auf Lilys Armen machte sich Gänsehaut breit. Sie rieb sie weg und ging auf die Ausstellungsstücke zu. Kleine, alltägliche Gegenstände, sorgfältig beschriftet, genau wie oben. Sie blieb vor einer Ausgabe von *James und der Riesenpfirsich* stehen, die ganz verstaubt war. Darunter befand sich ein Schild.

Emilys Lieblingsbuch.

Lily griff danach, doch Sam haute ihr auf die Finger.

»Im Museum darf man nichts anfassen!«

»Ich bin vorsichtig. Ich will es mir nur angucken.«

»Warum?«

»Ein Buch kann dir viel über einen Menschen verraten.«

Sam verschränkte die Arme, trat aber beiseite. Lily nahm das Buch in die Hände und wischte vorsichtig den Staub vom Umschlag. Es war ganz offensichtlich viele Male gelesen worden. Der Umschlag hing nur noch an einem seidenen Faden, und als sie das Buch umdrehte, bemerkte sie, dass die Person es nicht zu Ende gelesen hatte. Ein Lesezeichen ragte knapp über die Seiten hinaus.

Lily zog es langsam heraus und achtete dabei darauf, einen Finger an der Stelle im Buch zu behalten. Nur für den Fall, dass Emily es irgendwann weiterlesen wollte. Triumphierend sah sie Sam an und wedelte mit dem Lesezeichen herum.

»Siehst du! Hab ich doch gesagt!«

Das Lesezeichen war ein kleines Stück Pappe, auf dem ein Goldstern klebte und *Emily McCrae* stand.

»Jetzt haben wir einen vollständigen Namen.«

Als Sam es ihr abnahm, schlich sich ein Lächeln auf ihr Gesicht.

»Sogar noch besser. Es ist ein Hinweis. Ich weiß, was das ist. Und ich weiß genau, wo wir hingehen müssen.«

»Wohin denn?«

Sam steckte das Lesezeichen zurück ins Buch und legte es behutsam wieder an seinen Platz. Sie zog eine identische Karte aus ihrer eigenen Tasche. »An den Ort, an dem alle Geheimnisse leben.«

SECHS

Die Bibliothek von Edge war größer, als es für so eine kleine Stadt angemessen schien, und das war Lilys Meinung nach genau die richtige Größe für eine Bibliothek. Sam gab Lily ihre Karte.

»Dieses Lesezeichen ist ihr Bibliotheksausweis, siehst du? Sieht aus wie meiner. Du bekommst einen goldenen Sticker, wenn du hundert Bücher ausgeliehen hast.«

»Und was machen wir jetzt? Die Bibliothekarin fragen?«

»Ich glaube nicht. Ms Bright ist erst seit ein paar Jahren hier. Und solange ich hier lebe, hat es niemanden mit dem Namen McCrae in Edge gegeben. Wer auch immer Emily ist, ich denke, sie war schon sehr lange nicht mehr in der Bibliothek.«

»Und was jetzt?«

»Es gibt ein Archiv mit Aufzeichnungen der Stadt: Geburten, Tode, Hochzeiten, Adoptionen, Zeitungen, einfach alles. Also…«

»Also können wir die Dokumente benutzen, um herauszufinden, *wann* die McCraes hier gelebt haben.«

Sie traten durch den riesigen Torbogen und Lily lächelte. Es war erstaunlich, wie ähnlich sich alle Bibliotheken anfühlten. Die Steinwände hatten den ganzen Morgen über die Wärme der Sonne aufgenommen und entließen sie jetzt seufzend. Die Luft duftete nach Papier. Die Sonne schien in Streifen durch die hohen Fenster und erhellte die

Bücherregale. Es gab einen Empfangstisch, aber keine Bibliothekarin, nur einen Bücherstapel, der gefährlich hoch zur Decke hinaufragte.

»Ms Bright?«, rief Sam. »Ms Bright, ich bin's, Sam.«

Die Stimme, die darauf antwortete, klang, als wäre sie kilometerweit entfernt. »Hallo, Sam! Sorry, ich bin unter einem Haufen Bücher begraben, brauchst du meine Hilfe?«

»Nein, ich denke, wir kommen klar. Ich wollte nur noch mal ins Archiv. Ist das okay?«

»Klar, geh nur. Aber geh behutsam mit den Dokumenten um, sie sind sehr alt.«

»Mach ich.«

»Wenn du dir nicht sicher bist, ob du etwas anfassen solltest, lass es. Hol mich lieber.«

»Werde ich.«

»Okay, Süße. Dann geh ruhig.«

»Danke, Ms Bright«, rief Sam. »Sind Sie in Ordnung? Müssen Sie vor den Büchern gerettet werden?«

»Nein, sie scheinen freundlich zu sein. Ich rufe, wenn sie es sich anders überlegen.«

Sam kicherte. »Sie ist ein bisschen verschroben«, flüsterte sie.

»Alle Bibliothekarinnen sind verschroben«, ertönte die Stimme und ließ die Mädchen aufschrecken. »Das ist Teil unseres Charmes.«

»Und anscheinend hat sie Ohren wie ein Luchs. Komm mit, das hier sind alles Romane. Das richtig gute Zeug ist unten.«

Lily folgte Sam durch den Lesesaal und dann eine knarzende Holztreppe hinunter. Sie erwartete haufenweise vermodertes Papier, von Staub bedeckt und unleserlich nach all der Zeit, vielleicht sogar eine einzelne Glühbirne, die wie verrückt flackerte. Doch als sie im Archiv ankamen, sah es dort völlig anders aus.

Ordentlich beschriftete und aufgereihte Kartons standen in dunklen Holzregalen, die sich vom Boden bis zur Decke erstreckten. Zwischen den Regalen bildeten sich verschwörerische Schatten. Die Dokumente selbst nahmen mehr als den halben Raum ein.

Auf der anderen Seite befand sich ein gigantischer runder Tisch. Darauf war eine Weltkarte gemalt, die mit glänzendem Lack versiegelt war. Lily legte die Hand auf die Oberfläche. Sie fühlte sich glatt und kühl an, winzige Bläschen waren unter Lilys Fingerspitzen festgefroren. Neben jedem zweiten Stuhl war eine Leselampe aus Messing platziert. An der Seite standen drei weiche, grüne Sessel, die von denselben Lampen angeleuchtet wurden. Lily wandte sich Sam zu, die nervös auf ihre Reaktion wartete. Als sich ihre Blicke trafen, machte sich ein entspanntes Grinsen auf Sams Gesicht breit.

»Es ist unglaublich, oder? Ich finde, das ist der coolste Ort in Edge. Na ja, jetzt wohl der zweitcoolste.«

»Es ist der Wahnsinn!«

»Ich komme ständig her. Ich sage Ms Bright immer, dass ich an Projekten für die Schule arbeite, aber eigentlich bin ich nur schrecklich neugierig. Vermutlich weiß sie das sogar, es scheint sie aber nicht zu stören.«

An der Wand gegenüber den Regalen stand eine Vitrine. Lily beugte sich darüber, um hineinsehen zu können, steckte aber ihre Hände in die Taschen, um der Versuchung zu widerstehen, sie zu berühren. Ganz links befand sich das gelbe Pergament der Stadtrechtsurkunde. Die restliche Stadtgeschichte wurde durch ein Sammelsurium an Artefakten dargestellt, von Schmugglerkarten und Aufzeichnungen über Festnahmen von Piraten bis hin zu politischen Ansteckern und Protestplakaten.

»Cool, oder?«, fragte Sam. »Ms Bright hat das ganze Zeug gefunden, als sie das Stadtarchiv sortiert hat. Eine Menge wurde ans Museum gespendet – das Stadtmuseum, nicht das Emily-Museum –, aber einiges von dem historischen Zeug hat sie hierbehalten. Sie meinte, solche Dinge sollte man zu schätzen wissen.«

Erstaunt schüttelte Lily den Kopf, bevor sie von der Vitrine wegtrat und ihren Mantel über einen Stuhl hängte. »Also, wo fangen wir an?«

»Das Zeitungsarchiv ist da vorne. Offizielle Stadtaufzeichnungen sind dort. Ich würde sagen, wir fangen mit Geburten und Todesfällen an und suchen nach allen McCraes, die wir finden können.«

»Bei welchem Datum fangen wir an?«

»Solange ich lebe, hat es definitiv keine McCraes gegeben, also muss es mindestens zehn Jahre her sein.«

»Du kannst dich unmöglich an alles aus den letzten zehn Jahren erinnern. Ich denke, wir sollten mit Daten von vor fünf Jahren anfangen und uns zurückarbeiten.«

»Wie du meinst. Willst du die Geburten oder die Todesfälle?«

»Ist mir egal.«

»Dann nimm du die Tode. Ich fühle mich heute nicht so makaber.«

Sam hievte ein paar Kartons von den Regalen und stellte sie zwischen ihre beiden Stühle.

»Stell später alles wieder ordentlich zurück. Ms Bright ist sehr pingelig. Du kannst echt froh sein, dass sie nicht dabei war, als du im Emily-Museum einfach die Ausstellungsstücke angefasst hast. Sie hätte dir wahrscheinlich einen Finger abgehackt.«

Mit diesem beruhigenden Bild im Kopf holte Lily das erste schwere Buch aus dem Karton. Der Rücken knisterte, als sie das Buch öffnete, und sie verzog das Gesicht, während sie zu Sam hinüberblickte. Die hatte sich einen Bleistift hinters Ohr und die Zunge zwischen die Zähne geklemmt und war schon in ihrer Aufgabe versunken.

Lily benutzte das Haargummi an ihrem Handgelenk, um sich die Haare aus dem Gesicht zu binden. Dann machte sie es sich bequem und fing an zu lesen.

Zuerst war es irgendwie lustig. Geschichte in den Händen zu halten, hatte etwas Aufregendes, und sie konnte sich passende Geschichten für die Namen und Jahreszahlen auf den Seiten ausdenken. Nach einer Weile ließ die Spannung aber nach. Die Handschrift des Archivars war klein und schnörkelig, und Lily bekam Kopfschmerzen davon, dass sie die ganze Zeit über die Augen zusammenkniff. Es gab kein Muster, keine Zusammenhänge, nur Hunderte von Namen auf Hunderten von Seiten, aber keiner davon lautete McCrae.

Mit einem Blick zu Sam erkannte Lily, dass es ihr ähnlich ging. Ihre Augenbrauen waren zusammengezogen, sodass eine tiefe, genervte Falte auf ihrer Stirn erschien. Das Ende ihres Bleistifts war völlig zerbissen. An ihrem Mundwinkel klebte ein Splitter gelber Farbe. Lily warf ein zerknülltes Stück Papier nach Sam, das an deren Brust abprallte. Sams Kopf schnellte hoch, und als Lily ihren verärgerten Blick sah, schreckte sie kurz zurück. Aber Sam entspannte sich sofort wieder.

»Sollen wir spazieren gehen oder so?«, fragte Lily.

»Klar. Ich habe nichts gefunden.«

»Ich auch nicht.«

»Dann nächstes Mal.«

Wärme breitete sich in Lilys Brust aus. Es würde ein *nächstes* Mal geben. Sie stellten die Kartons ordentlich zurück und stiegen die Treppen hinauf. Als sie beim Empfangstisch ankamen, war die Bibliothekarin wieder da. Lily hatte eine alte Dame erwartet, aber dort stand eine Frau, die etwa im Alter von Lilys Mutter war. Sie hatte hellblondes Haar, das in einem zerzausten Bob bis zu ihren Schlüsselbeinen reichte, und graue Augen, an denen sich Lachfältchen befanden.

»Oh, hallo. Ich wollte schon einen Suchtrupp losschicken. Dachte, ihr habt euch vielleicht verirrt.«

Ihr Blick fiel auf Lily. »Als du ›wir‹ gesagt hast, dachte ich, du meinst dich und Jay«, sagte sie zu Sam.

»Der hat die Grippe. Das ist Lily. Sie ist neu.«

»Nun, wenn es ihm besser geht, schick ihn zu mir. Ich habe ein fantastisches Zeichenbuch, das ich ihm zeigen möchte. Hallo, Lily. Ich bin Ms Bright.«

»Nett, Sie kennenzulernen.«

»Wie gefällt dir meine Bibliothek?«

»Sie ist unglaublich, total schön.«

Zufrieden sah Ms Bright sich um. »Das finde ich auch. Hättest du gerne einen Ausweis?«

Lily verließ die Bibliothek mit einem neuen Ausweis in der Hand, den sie anpustete, damit die Tinte darauf schneller trocknete. Sie rechnete sich aus, wie lange sie wohl brauchen würde, um wie Emily einen Goldstern zu bekommen. Ihre Kopfschmerzen verschwanden mit jedem Schritt, und Lily erwischte sich dabei, wie sie dankbar einen tiefen Zug der frischen Meeresluft einatmete.

SIEBEN

Bei Sam zu Hause herrschte das reinste Chaos. Sobald sie die Tür geöffnet hatten, wurde Lily von einer bunten Mischung aus Geräuschen und Gerüchen getroffen. Instinktiv trat sie einen Schritt zurück, doch Sam griff nach ihrer Hand und zog sie in den Flur.

»Dad! Papa! Kommt und lernt meine neue Freundin Lily kennen!«

Ein schlanker, vogelähnlicher Mann mit kantigen Gesichtszügen und einer eckigen Brille steckte den Kopf in den Flur. Er hielt Lily eine Hand hin, während er mit der anderen seine Brille hochschob.

»Wie schön, dich kennenzulernen, Lily. Bleibst du zum …«

Er wurde abrupt unterbrochen, als ein weiterer Mann sich an ihm vorbeidrängte. »Das ist also Lily! Wir haben schon so viel von dir gehört. Es ist schön, dich kennenzulernen.«

Er zog Lily in eine feste Umarmung, wobei sein Bart sie an der Wange kitzelte. Sam verdrehte die Augen.

»Papa, sei nicht so peinlich.«

Grinsend wandte er sich an Sam. »Ich bin dein Vater. Es ist mein Job, peinlich zu sein, junge Dame.«

Er drückte Sam einen lauten Schmatzer auf, während sie verzweifelt versuchte, sich zu befreien. Sams Dad schüttelte liebevoll den Kopf und richtete seine Aufmerksamkeit wieder auf Lily.

»Ignorier sie, Lily. Du wirst schnell merken, dass hier *alle* verrückt sind. Möchtest du gerne zum …«

Erneut wurde er unterbrochen, als ein riesiger Golden Retriever in den Flur gerannt kam, angelockt von Sams Schreien. Sams Dad wurde gegen ihren Papa gestoßen, und dann fielen alle drei zu Boden. Der Hund sprang auf den Haufen und leckte begeistert jedes Gesicht, das ihm in die Quere kam. Sam prustete.

»Costello! Du albernes Fellknäuel, *runter*!«

Costello tapste zu Lily herüber und presste seine feuchte Nase in ihre Hand, während er glücklich mit dem Schwanz wedelte. Sams Papa kam wieder auf die Beine und hievte seinen Ehemann und seine Tochter mit sich hoch.

»Lily«, sagte Sams Dad dann endlich. »Magst du Lasagne?«

Am Esstisch gab es nur minimal weniger Trubel als im Flur. Die Ankunft von Sams Zwillingsbrüdern hatte den Geräuschpegel nur noch mehr angehoben, und Lily verstand langsam, warum Sam redete wie ein Wasserfall.

»Und dann hat sie gesagt …«

»Oh, jetzt geht das wieder los …«

»Es ist genau wie …«

»Lass ihn gar nicht erst damit anfangen …«

»Es ist überhaupt nicht wie …«

»Oh doch!«

Die ganze Familie redete ohne Atempausen, sie schrien durcheinander, fuchtelten wild herum und lachten mit zurückgeworfenen Köpfen und vollen Mündern. Es zog sich ein dünner goldener Faden aus Familienwitzen durch das Gespräch, und Lily wusste mehr als einmal nicht, worum es eigentlich ging. Aber das war ihr egal. Es gefiel ihr sehr.

»Lily, ich habe vorhin mit deiner Mum gesprochen«, sagte Sams Dad mit einem warmherzigen Lächeln. »Brillante Frau.«

Lily rümpfte die Nase. »Vermutlich. Ist halt meine Mum.«

Sams Dad lachte. »Nun, wie's scheint, hat sie sich gut eingelebt. Wie gefällt dir Edge?«

»Ja, Lily«, sagte Sam, den Mund voller Lasagne. »Warum erzählst du meinem Dad nicht, was du von Edge hältst.«

Lily trat Sam unter dem Tisch. »Es hat so seine Momente.«

Sam sah Lily mit übertrieben großen Augen an. Lily streckte ihr die Zunge entgegen und unterdrückte ein Lächeln.

Costello trottete um den Tisch herum und legte zwischendurch den Kopf in den Schoß der Person, die ihm am wahrscheinlichsten etwas zu essen geben würde. Lily kraulte ihn am Ohr und ließ ihn heimlich ein Stück Brot knabbern. Als er über ihre Handfläche leckte, musste sie lachen. Sams Papa griff quer über den Tisch und häufte allen Nachschlag auf die Teller, selbst als Lily darauf beharrte, dass sie unmöglich mehr essen konnte. Sam zwinkerte ihr zu.

»Okay, das reicht jetzt mit euch. Ihr macht der Armen noch Angst. Komm, Lily, lass uns hochgehen.«

Sie schoben ihre Stühle zurück und gingen nach oben, während sie Sams Dads ihrer gutmütigen Zankerei darüber überließen, wer mit dem Abwasch dran war.

Sams Zimmer war genau wie Sam selbst: ein herrliches Chaos. Die Rückseite ihrer Tür war mit Fotos bedeckt. Auf ihrem Tisch waren Muscheln, Nagellack und Stifte verteilt. Auf ihrem Nachttisch befand sich ein hoher, wackeliger Stapel Bücher, auf dem auch noch ein Glas mit welkenden Gänseblümchen stand. Im Fenster klimperte ein Windspiel. Sam schloss die Tür hinter sich, sodass die Geräusche von unten ein wenig gedämpft wurden.

»Tut mir leid. Sie sind …«

»Wundervoll«, unterbrach Lily sie.

Sam grinste und zog verlegen den Kopf ein. »Sie sind ganz in Ordnung.«

Lily schlenderte zum Fenster. »Sieh mal, du kannst von hier aus direkt in mein Zimmer gucken.«

»Stalkerin«, sagte Sam grinsend.

Lily knuffte sie in die Rippen. Im Vergleich zu Sams farbenfrohem Zimmer war Lilys fast schon ordentlich. Sie konnte ihre bunte Tagesdecke sehen, auf der sich haufenweise Bücher befanden, und ihre riesige Weltkarte an der Wand. Sie schaute wieder zu Sam. Lily würde ihr die Karte gern zeigen und ihr erzählen, dass sie jedes einzelne Land besuchen und großartige Abenteuer erleben wollte.

Sam kickte einen Schuhhaufen unter ihr Bett und setzte sich im Schneidersitz auf den Teppich, sie wirkte tief in Gedanken versunken. Lily ließ sich neben sie fallen.

»Alles okay?«, fragte sie.

Sam nickte. »Ich habe nur gerade darüber nachgedacht, dass du mal Jay kennenlernen solltest. Er ist wirklich cool, du wirst ihn mögen. Aber erzähl ihm nicht, dass ich das gesagt habe.« Sie lächelte.

Lily schnaubte. »Okay. Klingt gut.«

»Ich dachte mir, wir könnten ihm vielleicht vom Museum erzählen. Dann hätten wir noch einen Kopf zum Nachdenken. Aber nur, wenn du willst.«

Lily kaute auf ihrer Lippe. Eifersucht durchströmte sie. Sie teilten erst seit wenigen Stunden ein Geheimnis und schon wollte Sam noch jemandem davon erzählen. Sie sah Lily nervös an.

»Du musst dich natürlich nicht sofort entscheiden. Triff ihn erst mal, dann sehen wir weiter.«

Lily setzte ein Lächeln auf und nickte. Sie würde ihn treffen und danach entscheiden. Vielleicht würde er sie ja überraschen, dachte sie bitter.

EMILY

ACHT

Emily saß an einem Felstümpel und fütterte die Seeanemonen. Sie hatte die Anemonen immer schon geliebt – ihre langen Tentakel, die mit ihren grellen Farben in dem trüben Wasser aufblühten wie außerirdische Blumen. In ihrer Tasche hatte sie ein paar Kekse, die sie zerkrümelte und langsam ins Wasser fallen ließ, während sie zusah, wie die Anemonen danach griffen. Wenn sie die Tentakel ausgefahren hatten, konnte man sie berühren und den Unterschied zwischen ihren geleeartigen Körpern und den prickelnden Stacheln spüren, die so winzig waren, dass sie sich eher klebrig als stechend anfühlten. Wenn man zu stark drückte, zogen sie sich wieder in sich selbst zurück, aber ein bisschen sanftes Tätscheln machte ihnen nichts aus.

Sie wischte die letzten Krümel von den Fingern und beugte sich über ihren Eimer. Sie hatte einen kleinen Haufen Wellhornschnecken von den Felsen gesammelt. Als sie sie aufgehoben hatte, hatten sie ausgesehen wie leere Schalen, weil sich die kleinen Tiere darin vor ihren neugierigen Fingern versteckt hatten. Aber nach einer Weile hatten sie angefangen, die Wände des Eimers zu erklimmen, um sich den Weg zurück nach Hause zu erkämpfen. Emily hatte jeder einzelnen einen Namen gegeben.

Es war kalt draußen und der Strand fast vollkommen verlassen. Der Wind pfiff in Emilys Ohren und peitschte ihre Wangen knallrot, aber sie bemerkte es kaum. Sie war gern draußen und noch lieber am Meer. Dort konnte sie spüren, wie die Geschichten der Vergangenheit unter dem Sand vibrierten und sich unter der Oberfläche des silbernen Wassers versteckten.

Nach dem, was passiert war, sollte sie sich vor dem Meer fürchten. Stattdessen fühlte es sich mehr wie ein Zuhause an. Emilys Mutter liebte das Meer und hatte diese Liebe an Caitlyn und Emily weitergegeben. An Land war sie eine der tollpatschigsten Frauen, die Emily je gesehen hatte, aber im Wasser bewegte sie sich mit einer erstaunlichen Anmut – als würde sie genau dort hingehören. Mittlerweile stellte Emily sich ihre Mutter als Selkie vor – ein Wesen aus dem Meer, das seine wahre Gestalt abgelegt hatte, um als Mensch an Land zu gehen, aber immer Teil des Meeres blieb. In diesen Tagträumen war ihre Mutter einfach in ihr echtes Zuhause zurückgekehrt und lebte dort weiter. Vielleicht würde sie sogar irgendwann zu Besuch kommen.

Mit einem Stock kratzte Emily eine Nachricht in den Sand und sah dabei zu, wie die Wellen sie fortspülten. Sie hoffte, dass sie die Worte zu ihrer Mutter tragen würden, wo auch immer sie sich befinden mochte.

Als ihre Finger langsam taub wurden, stand sie auf. Ihre Knie knackten in der Kälte. Sie entließ die Schnecken wieder in den Felstümpel und beobachtete, wie die Anemonen ihre Tentakel einzogen, als sie die Unruhe im Wasser spürten.

Emily entschied sich für den längeren Weg nach Hause. Caitlyn gab sich zwar alle Mühe, für sie beide tapfer zu sein, aber Emily hatte es nicht eilig damit, ihr blasses, erschöpftes Gesicht und die roten Augen zu sehen. Emily kletterte die zerklüfteten Felsen hinauf, die den Strand von der Stadt trennten, und winkte dem Leuchtturm aus der Ferne zu.

Er war jetzt vollkommen verlassen, die Tür war von Moos bedeckt, die Backsteine waren lose und brüchig, die Scheiben undurchsichtig vor lauter Dreck und Meeresspritzern. Aber manchmal, wenn die Sonne ihn aus dem richtigen Winkel traf, konnte Emily sich genau vorstellen, wie er einmal ausgesehen haben musste – wie sein weitreichender, kräftiger Suchscheinwerfer umherschwang und die dunkle See erleuchtete, um die Seeleute sicher nach Hause zu führen.

Sie wurde von Tränen überrascht, die ganz plötzlich in ihrer Kehle aufstiegen. Sie schmeckten salzig wie das Meer. Emily rieb sich mit dem Jackenärmel über das Gesicht und schniefte laut. Dann kehrte sie dem Leuchtturm den Rücken zu und lief mit schnellen Schritten davon.

Die Felsen wurden weniger, stattdessen spross immer mehr wilder Strandhafer aus dem Boden. Zwischen seinen Halmen ragten dieselben Blumen heraus, die auch an der Felswand wuchsen. Über die Jahre hatte sich ein Pfad gebildet, die Pflanzen waren platt getreten, und ab und zu tauchte eine vereinzelte Gehwegplatte auf. Nach einer Weile ergaben die Platten einen krummen Weg, der am Strand entlang zu Emilys Zuhause führte.

Als sie näher kam, konnte sie Caitlyn sehen, die am Küchenfenster stand und aufs Meer hinausschaute. Emily hob eine Hand, um ihrer Schwester zu winken, erstarrte aber, als Caitlyn sich umdrehte, um mit jemandem zu reden, den Emily nicht sehen konnte. Sie sah wütend aus.

Emily duckte sich hinter die Gartenmauer und spähte darüber hinweg in die Küche. Sie konnte immer noch nicht erkennen, mit wem ihre Schwester sprach, doch nun wirkte Caitlyn stinksauer. Emily konnte ihre erhobene und empörte Stimme hören, obwohl das Fenster geschlossen war.

Die Eingangstür wurde geöffnet und Emily duckte sich tiefer. Als sie hörte, wie sie zuging, wagte sie einen Blick über die Mauer. Ein Mann, den sie noch nie zuvor gesehen hatte, trat heraus. Er räusperte sich laut und spuckte auf das Gras. Kalte Wut rauschte durch Emilys Körper.

Er war groß – größer, als er wegen seiner schlechten Haltung auf den ersten Blick wirkte. Seine Wangen waren von dunklen Bartstoppeln bedeckt. Das Haar fiel ihm unordentlich in die Augen. Ein Krachen durchbrach die Stille, als Caitlyn einen Teller in das Spülbecken warf. Der Mann zuckte bei dem Geräusch nicht zusammen, sondern lehnte sich lässig an das Gatter und zündete sich eine Zigarette an. Dann blies er den übel riechenden Rauch aus, räusperte sich noch einmal und ging auf ein Auto zu, das verlassen am Straßenrand stand.

Durch das Fenster sah Emily, wie ihre Schwester den Kopf in die Hände legte und anfing zu weinen.

LILY

NEUN

Zu ihrer großen Verärgerung musste Lily zugeben, dass sie Jay sehr gern mochte, genau wie Sam es vorhergesagt hatte. Augen so dunkel, dass man nicht erkennen konnte, wo die Pupille endete und die Iris anfing, gaben seinem Gesicht einen ernsten Ausdruck. Alles an ihm war ordentlich, von seiner makellosen Schuluniform bis hin zu seinen akkurat geflochtenen Zöpfen, wodurch er in herrlichem Kontrast zu Sams Chaos stand.

Er hatte einen ruhigen, ironischen Sinn für Humor, was bedeutete, dass es oft einen Moment dauerte, bis alle verstanden, dass er etwas Lustiges gesagt hatte. Selbst mit der Grippe im Bett liegend, strahlte die Lust auf Unfug und Abenteuer aus Jays Augen. Lily erwischte sich dabei, wie sie ihm alles über das Museum von Emily erzählte, angespornt von seiner Begeisterung und Neugier.

Am Montagmorgen sprachen die drei auf dem Schulweg von nichts anderem, wobei Lily sich so hineinsteigerte, dass sie mit den Armen fuchtelte, während sie sich gegenseitig Theorien und Fragen zuwarfen. Als sie, immer noch ins Gespräch vertieft, den Klassenraum betraten, wandte Lily sich vom triumphierenden Ausdruck in Ms Hanans Augen ab.

In der Pause entschieden sie, dass sie ein Hauptquartier brauchten. Einen Ort, an dem sie alles sammeln konnten, was sie bereits über Emily und ihr Museum wussten, und all die Hinweise, die sie sicherlich noch finden würden. Am besten wäre es, wenn es dort eine große Pinnwand gäbe wie in den Detektivgeschichten, an der Fäden in verschiedenen Farben Fotos und Papierschnipsel miteinander verbinden, die ihnen letztendlich das große Ganze unmissverständlich vor Augen führen würden.

Jay teilte sich das Zimmer mit seinem älteren Bruder, also war sein Haus schon mal raus. Sam hatte zwar ihr eigenes Zimmer, aber ihre Familie ging ständig ein und aus. Lily war wahnsinnig gern bei Sam zu Hause, weshalb sie seit ihrem ersten Abendessen dort viele Gründe gefunden hatte, um sie zu besuchen. Aber als Hauptquartier kam Sams Haus auch nicht infrage.

Bei Lily zu Hause war es genau das Gegenteil, doch leider stellte auch das ein Problem dar. Wenn nur zwei Menschen in einem Haus lebten, war es furchtbar schwierig, etwas geheim zu halten. Dort war es immer still, und geflüsterte Geheimnisse würden durchs ganze Gebäude getragen. Außerdem hatte ihre Mum seit dem Umzug »großes Interesse« an allem, was ihre Tochter tat. In der Theorie war das schön, in der Realität oft ziemlich nervig.

Jay hatte die Idee mit der Schülerzeitung. Sie könnten zur Schulleiterin Ms Bruce gehen und behaupten, dass sie die Schülerzeitung wieder aufleben lassen wollten. So hätten sie Ressourcen, ein sicheres Hauptquartier und einen großartigen Grund, nach der Schule miteinander abzuhängen, ohne dass jemand misstrauisch werden würde. Es war ein brillanter Plan mit einem großen Haken: Ms Bruce war eine Tyrannin.

Die Schulleiterin war eine von diesen Personen, die Kinder als kleine, unterlegene, nervige Erwachsene sahen, die man dazu ermutigen sollte, so schnell wie möglich groß zu werden. Anscheinend war sie nur Lehrerin geworden, damit sie etwas zu sagen hatte und Dinge wie Fantasie und Spaß so schnell und endgültig wie nur möglich zerstören konnte.

Ms Bruce hasste Sam. Für ihren Geschmack redete Sam zu viel und zu laut, ihre Haare waren immer zerzaust und an den meisten Tagen hatte sie Essensreste auf den Klamotten – und zwar deshalb, weil sie selbst mit vollem Mund nicht aufhören wollte zu plappern. Sie war *vorlaut*, das Schlimmste, was ein Mädchen in Ms Bruce' Augen sein konnte. Und damit war auch Lily abgestempelt. Nur dank Jay durften sie überhaupt ihr Büro betreten. Wie alle Erwachsenen verwechselte die Schulleiterin seine Schweigsamkeit mit Gehorsam.

Obwohl *sie* um das Treffen gebeten hatten, fühlte Lily sich, als würde sie gleich Ärger bekommen. Alles im Büro der Schulleiterin schien nur dazu gemacht, dass sich Kinder klein und verängstigt fühlten. Als Lily sich bückte, um einen Stift aufzuheben, der ihr beim Hinsetzen aus der Tasche gefallen war, fiel ihr auf, dass der Stuhl der Schulleiterin ungewöhnlich hoch war. So wirkte es, als würde Ms Bruce sie überragen – aber unter dem Tisch baumelten ihre Füße in der Luft wie die eines Kindes. Lily verbarg ihr Kichern hinter einem Husten.

Ms Bruce hatte ein schlaffes, fischartiges Gesicht, das ständig missbilligend dreinblickte. Ihre Mundwinkel waren unnatürlich weit nach unten gezogen, während sie erklärte, dass eine Schülerzeitung sie nur vom Lernen *ablenken* würde und dass es Menschen, die eine Zeitung leiteten, grundsätzlich an *Charakter mangelte*. Ms Bruce war Charakter sehr wichtig. Sie spürte, dass Sam sich auf eine Rede zur Pressefreiheit vorbereitete, und warf die drei deshalb kurzerhand aus ihrem Büro.

Da Sam ihre Wut nicht hatte rauslassen können, machte sie ihr auf dem Weg durch den Flur Luft. In dem Versuch, sie zu beruhigen, erzählte Lily ihnen von dem erhöhten Stuhl. Sam und Jay sahen sie blinzelnd an, bevor sie in unkontrolliertes Lachen ausbrachen.

»Sie ist einfach lächerlich«, johlte Sam. »Wir sollten uns reinschleichen und ein paar Zentimeter davon abhacken.«

»Oder den Stuhl austauschen«, sagte Jay. »Mal sehen, wie es ihr gefällt, wenn wir plötzlich auf *sie* runtersehen.«

Kichernd lehnten sie sich an die Wand.

»Okay, also keine Zeitung«, sagte Lily.

»Das hatte wohl wirklich wenig Aussicht auf Erfolg«, sagte Jay.

»Und was machen wir jetzt?«, fragte Sam.

»Fürs Erste machen wir es auf die altmodische Art: Wir schreiben alles in Notizblöcke und schleppen die mit uns herum«, sagte Lily.

»Sollte einfach sein, wir wissen ja noch gar nichts«, sagte Jay.

»Stimmt. Sollen wir nach der Schule zur Bibliothek gehen? Vielleicht finden wir da ja was heraus.«

***

In der Bibliothek angekommen, richteten sie sich im Keller ein und führten die ermüdende Arbeit fort, die Stadtaufzeichnungen zu durchforsten. Doch dieses Mal dauerte es keine Stunde, bis sie etwas fanden. Vor lauter Aufregung riss Lily fast die Seite aus dem Buch.

»Ich habe was! Ich habe was! Eine Joanie McCrae ist vor etwa zwanzig Jahren in Edge gestorben.«

Sam und Jay drängten sich an sie. Als Sam den Namen las, zog sie die beiden in eine aufgeregte Umarmung und sprang auf und ab. In Lilys Bauch breitete sich Wärme aus, die schnell von der Sorge verdrängt wurde, dass Sam ihr dabei den Kopf abreißen könnte.

Also schüttelte Lily die beiden ab und schickte Sam auf die Suche nach Zeitungen aus dem Jahr, falls irgendetwas zu dem Tod berichtet worden war. Sie hievten den Karton auf den Tisch und breiteten die Zeitungen auf der großen Fläche aus.

Jay entdeckte es. »Schaut mal, da! Ortsansässige stirbt bei tragischem Bootsunglück.«

Lily nahm ihm die Zeitung ab. »Sie war erst vierzig, als sie starb. Das ist ja schrecklich!«

»Hat sie etwas mit unserer Emily zu tun?«

»Keine Ahnung. Eine kompetente Seefahrerin … Boot wurde zertrümmert am Hafen gefunden … keine Leiche … hinterlässt zwei Töchter im Alter von elf und siebzehn Jahren. Keine Namen angegeben. Vermutlich durften sie die nicht veröffentlichen.«

»Wir müssen herausfinden, wie sie hießen. Sieht aus, als könnten sie die letzten McCraes hier gewesen sein.«

Ausgehend vom Datum des Artikels, rechneten sie die Geburtsjahre der Töchter aus. Lily und Jay holten sich jeweils einen Karton, um nach ihren Geburtseinträgen zu suchen. Sam, die fast genauso pingelig war wie Ms Bright, wenn es um die Bibliothek ging, versuchte, Ordnung in das Durcheinander auf dem Tisch zu bringen.

»Ich glaub's nicht! Ich habe sie *gefunden*!«, rief Jay, der vor lauter Aufregung völlig vergaß, leise zu sein. »Sie ist es definitiv. Joanie McCrae war Emilys Mutter.«

Die drei sahen wieder auf den Artikel, in dem ein Foto von einer breit lächelnden Joanie McCrae abgebildet war, die nichts von dem Schrecken ahnte, der ihr bevorstand. Die anderen Leute auf dem Foto waren herausgeschnitten worden, aber rechts von Joanies Hüfte war ein kleines, ernstes Augenpaar zu sehen. Lily spürte, wie sich Gänsehaut auf ihren Armen ausbreitete.

»Emily«, murmelte sie.

Die Tragik der Geschichte dämpfte ihren Triumph ein wenig, aber als sie später wieder den Lesesaal betraten, sprudelte die Aufregung erneut über.

»Was heckt ihr drei denn da unten aus, hm?«, fragte Ms Bright und grinste angesichts ihres ansteckenden Tatendrangs.

»Schulprojekt, Ms Bright«, sagte Jay. »Zu viel Ablenkung zu Hause. Hier schaffen wir viel mehr.«

»Nun ja, weil ihr drei es seid: Wenn ihr Platz zum Lernen braucht, könnt ihr gerne einen der Leseräume beanspruchen.«

»Einen der was?«

Die Leseräume befanden sich ganz hinten im Keller. In jedem standen ein kleiner runder Tisch, vier Stühle, ein Sofa und drei Regale. Eine Seite war in Tafellack gestrichen. Auf der anderen Seite hing zu Lilys absoluter Freude eine riesige Pinnwand. Die drei tauschten Blicke aus und konnten ihre Begeisterung kaum in Schach halten.

»Oh, Ms Bright, er ist *perfekt*«, sagte Lily. »Dürfen wir einen haben? Nur für eine Weile?«

»Natürlich. Der Schlüssel hängt an einem kleinen Haken hinter dem Empfang. Es ist der mit der grünen Schleife. Ihr könnt mich immer danach fragen oder ihn euch selbst nehmen, wenn ich nicht da bin.«

Angesichts ihres doppelten Triumphs platzten sie fast hysterisch aus der Bibliothek. Sie hatten den Anfang von Emilys Geschichte und einen Ort, an dem sie den Rest herausfinden konnten. Es fühlte sich an, als wäre es nur eine Frage der Zeit, bis sich alle Puzzleteile zusammenfügen würden.

Plötzlich spürte Lily, wie sich ihre Nackenhaare aufstellten. Sie wirbelte herum und blickte in die abendlichen Schatten, ganz sicher, dass sie jemand beobachtete. Aber die Straße war vollkommen leer. Da war niemand. Nur ein ungutes Gefühl und ein schwacher, unangenehmer Geruch nach Zigarettenrauch hing in der Luft.

EMILY

ZEHN

Emily hatte versucht, ihre Schwester nach dem finsteren Mann zu fragen, aber Caitlyn war nicht darauf eingegangen. Emily hatte gestichelt, bis sie selbst ganz genervt davon und Caitlyn so wütend gewesen war, dass sie allein sein wollte. Einige Stunden lang sprachen sie nicht miteinander. Nach einer Weile kam Caitlyn dann zurück und entschuldigte sich. Sie beharrte darauf, dass sie nur müde war, und setzte eine gezwungen fröhliche Miene auf, die Emily Magenkrämpfe bereitete. Daher schnappte sie sich ihren Regenmantel vom Haken und rief noch Tschüss, während sie schon aus dem Haus lief.

Sie wanderte durch die stillen Straßen ihrer Stadt und zog den Mantel fester zu, um sich vor dem beißenden Wind zu schützen, während sie Steine über die Hauptstraße kickte. Fast genoss sie es, in den Tiefen ihrer schlechten Stimmung zu versinken. Ein bekannter, absolut unwillkommener Geruch riss sie aus ihren Gedanken. Teeriger Zigarettenrauch wehte zu ihr herüber. Sie versuchte, ihre zitternden Hände zu ignorieren, und steckte sie verärgert in ihre Taschen. Viele Menschen rauchten.

Doch er war es tatsächlich: derselbe Mann, den sie aus ihrem Haus hatte kommen sehen. Er lungerte an einer Ecke am anderen Ende der Straße herum. Emily trat zurück und drückte sich an eine Wand, in der Hoffnung, dass sie nachgeben und sie irgendwie verbergen würde. Sie grub die Fingernägel in ihre Hände, obwohl sie nur zu gern zu ihm marschiert wäre, um ihn zu fragen, was er mit ihrer Schwester gemacht hatte. Aber Angst prickelte in ihr, kalt und unnachgiebig. Sie wusste, dass man Menschen nicht nach dem Äußeren beurteilen sollte. Und doch … So albern es auch sein mochte, es sah einfach nicht freundlich aus.

Panik stieg in ihr auf, als er ihr plötzlich in die Augen blickte. Er schien sie zu erkennen und runzelte die Stirn, als würde er versuchen, sie einzuordnen. Emily sah mit ausdrucksloser Miene weg und kehrte ihm den Rücken zu. Sie war erst wenige Schritte gegangen, als sie seine Stimme hinter sich hörte.

»Hey!«

Emily ging schneller. Schwere Schritte folgten ihr. Sie riskierte einen kurzen Blick nach hinten und sah, dass der Mann auf sie zukam. Sein eiliger Gang verriet, dass er nicht so gleichgültig war, wie er vorzugeben versuchte. Nun war es Emily egal, wie albern sie aussah. Sie drehte sich wieder um und rannte los. Sie konnte hören, dass auch er schneller wurde. Sie nahm scharfe Kurven, und ihre Füße schlitterten über das nasse Kopfsteinpflaster, während sie hoffte, dass die Stadt den Mann als Feind erkennen und ihn zum Stolpern bringen würde.

Seine Beine waren lang und er holte auf. Emily rannte um eine weitere Ecke und sah sich hektisch nach einem Versteck um. Aber es gab keins. Sie war in eine Gasse mit alten Fischerhütten gelaufen, die flache, weiße Wände hatten, vor denen Emily noch besser zu sehen war. Ihr Blick fiel auf eine Tür. Sie war leicht geöffnet und voller Dreck. Als sie den Kopf in den Spalt drückte, um hineinzuspähen, fing sie sich ein Gesicht voller Spinnweben ein. Sie spuckte und griff nach den klebrigen Fäden. Ein Gutes hatten sie aber. Sie waren ein Zeichen dafür, dass schon lange niemand mehr in dem Haus lebte.

Emily warf sich gegen die Tür, und einen schrecklichen Moment lang rührte sie sich nicht. Sie hörte die Schritte des Mannes näher kommen. Und langsam, entsetzlich langsam, bewegte sich die Tür dann doch. Emily zwängte sich hindurch, bevor sie sie wieder zuschob. Die Schritte erreichten ihre Gasse und kamen zum Halten. Emily hielt den Atem an.

»Warum läufst du weg, Emily?«

Beim Klang ihres Namens kroch eine eisige Hand Emilys Rücken hinauf. Die Schritte kamen näher.

»Ich werde dir nicht wehtun. Ich will nur reden.«

Es hörte sich an, als sei der Mann genau vor der Tür. Emily trat zurück, wobei sie ihre Füße ganz vorsichtig auf-

und wieder absetzte. Ihr Rücken berührte das Metallgeländer einer verrosteten Wendeltreppe. Die Schritte waren erneut verstummt. Emily stand bewegungslos da und lauschte in die beunruhigende Stille hinein.

Mit jeder Sekunde war sie mehr davon überzeugt, dass er auf der anderen Seite der Tür stand und nur auf den richtigen Moment zum Angreifen wartete. Ein unvernünftiger Schrei bildete sich in ihrer Brust, sie bekam Gänsehaut. Emily unterdrückte den Schrei und packte das Geländer fest, in der Hoffnung, es würde ihr Halt geben.

Sie blickte nach oben. Die Treppe war alt, daran bestand kein Zweifel. Sie war vollkommen verrostet und zwischen den Stufen waren überall Spinnweben. Aber trotz des Alters sah sie stabil aus. Emily setzte einen Fuß auf die unterste Stufe, dabei klang das Ächzen des Metalls in ihren Ohren so laut wie ein Schrei. Sie erstarrte und horchte auf Geräusche von draußen. Nichts. Langsam ging sie nach oben und zuckte jedes Mal zusammen, wenn ihre Schuhe über die rauen Stufen scharrten. Vielleicht war oben ein Schrank, in dem sie sich verstecken könnte, oder ein Fenster, durch das sie klettern könnte, falls der Mann zur Tür hereinkam.

Oben angekommen, suchte Emily schnell Unterschlupf im ersten Raum. Dort blieb sie stehen und vergaß für einen Moment ihre Angst. Der Raum sah seltsam aus: Er war lang und schmal und nahm die ganze Länge des Hauses ein. Sie schlich zur Tür auf der anderen Seite und drückte sie auf. Vor lauter Begeisterung hätte sie fast laut aufgeschrien und vergessen, dass sie sich eigentlich verstecken sollte. Sie konnte zwei weitere Etagen sehen, die sich über die Länge von zwei weiteren Häusern erstreckten. Diese Häuser waren gar keine richtigen Häuser. Das war nur eine Fassade: Emily stand in einem alten Schmugglerlager.

Edge war voll von solchen Orten, selbst noch Jahre nachdem seine ... *abenteuerlustigeren* Einwohner ausgestorben waren. Geheimgänge verliefen durch die ganze Stadt, zwischen Häusern und Lagern wie diesem, zwischen den Höhlen, die entlang der Klippen am Rand der Stadt und am Meer lagen. Emily war wie besessen von den Piraten und hatte Caitlyn auf der Suche nach Schätzen schon durch unzählige Höhlen geschleift. Aber Caitlyn beendete diese Abenteuer meistens, indem sie behauptete, sie hätte Angst vor einem Bergrutsch. Emily vermutete jedoch, dass sie sich eigentlich vor der Dunkelheit fürchtete.

Nun wanderte Emily in die untere Etage des Lagerhauses, wo sie in Schachteln und unter Kleidern nachsah, nur für den Fall, dass irgendwelche Schätze hinterlassen worden waren. Doch sie hatte kein Glück, außer der Wert von Mäusekot und Vogelnestern wäre stark gestiegen, seitdem sie das Gebäude betreten hatte. Die Wände waren aus Backstein, also mussten auch die Fenster draußen unecht sein. Am entgegengesetzten Ende des Gebäudes befand sich jedoch eine echte kleine Tür.

Emily drückte sie einen Spaltbreit auf und spähte hindurch. In der Ferne erkannte sie das Meer. Den Mann konnte sie zum Glück nicht sehen. Sie öffnete die Tür noch weiter und steckte den Kopf hindurch. Er war fort. Emily legte die Stirn an die kühle Oberfläche des Holzes und atmete sehr tief ein, um ihr wild hämmerndes Herz zu beruhigen.

LILY

ELF

Lily, Sam und Jay hatten ihre Zeit zwischen dem Hauptquartier in der Bibliothek und dem Museum aufgeteilt. Mithilfe der Aufzeichnungen der Stadt hatte Lily versucht, Emilys Familienstammbaum zu erstellen. Dieser nahm den Großteil der Tafelwand ein. Trotz Ms Brights tadelloser Aufbewahrung der Dokumente war es schwierig, weitere Informationen zu den McCraes zu finden. Es schien so, als hätten früher einmal viele von ihnen hier gelebt. Wenn sie alle zur selben Familie McCrae gehört hatten, dann hatte ihnen der alte Leuchtturm gehört und sie waren wichtige Mitglieder der Gemeinschaft gewesen. Eine oder zwei Generationen später war es nur noch ein einziger Familienzweig gewesen, dann hatte es nur noch Emily und ihre Familie gegeben ... und dann niemanden mehr. Was war nur mit Familie McCrae geschehen? Und hatte sie etwas mit Emilys Museum zu tun? Diese Frage quälte Lily wie ein Wackelzahn, und sie konnte nicht aufhören, immer wieder daran herumzustochern.

Jay konzentrierte sich auf das Gebäude des Museums. Er durchforstete die Baupläne und Besitzurkunden auf der Suche nach der Person, der das mysteriöse Museum gehören könnte. Bis jetzt hatte er damit noch keinen Erfolg gehabt. Tatsächlich war es sogar so, dass das Gebäude auf jedem Plan als drei separate Fischerhütten eingezeichnet war, genau wie es von außen den Anschein hatte.

Sam konzentrierte sich auf Joanie McCraes Unfall. Sie war in alte Zeitungsausschnitte und Wetterberichte vertieft und hatte sogar einen Gottesdienstablauf in einem Karton gefunden.

Die drei wechselten sich damit ab, zum Museum zu gehen und die Ausstellungsstücke zu katalogisieren. Das war bei Weitem die tollste Aufgabe. Einige Stücke strahlten tiefe Traurigkeit aus: der Knopf eines Lieblingsmantels, der zu klein geworden war, ein ausgeblichenes Schwarz-Weiß-Foto, auf dem ein Mann und eine Frau tanzten. Bei anderen mussten die drei lächeln: ein hingekritzelter Limerick über einen Lehrer, ein Freundschaftsarmband aus Perlen. Fast alle waren außergewöhnlich gewöhnlich. Doch einige erregten ihre Aufmerksamkeit.

Als die Tage kürzer wurden und der Weg zum Museum kälter, ließ Sams Widerwille, die Ausstellungsstücke anzufassen, nach und verschwand dann ganz. Anstatt bei jedem interessanten Fund zur Bibliothek zu laufen oder ihre Freunde zu holen, erlaubte sie sogar, dass sie die Stücke zum Hauptquartier mitnahmen. Aber nur unter der Bedingung, dass sie danach wieder an genau den alten Ort zurückgelegt wurden.

Lily war ellenbogentief in einem Karton mit Eheurkunden vergraben, als Sam in den Leseraum platzte und Lily und Jay aufschrecken ließ. Ihre Nase war von der Kälte getötet, aber ihre Augen leuchteten.

»Was hast du gefunden?«, fragte Jay.

»Bin mir nicht sicher. Aber ich glaube, es ist was Wichtiges.«

Sam zog sich den Schal aus und setzte sich zwischen ihre Freunde. Dann zog sie eine kleine Röhre aus ihrer Tasche und legte sie feierlich auf den Tisch. Jay und Lily musterten die neue Entdeckung. Sie war glatt und schwarz, wenn man einmal von den roten Resten absah, die vermutlich von einem Wachssiegel stammten. Entlang der Röhre verlief eine Naht.

»Das war der allerletzte Gegenstand im Museum. Und er lag in einer eigenen Vitrine.«

»Was soll das denn sein?«, fragte Lily.

»Ich habe keine Ahnung. Ich habe noch nicht reingeguckt. Aber wisst ihr, was auf dem Schild davor stand?«

Ihre Freunde warteten. Sam beugte sich vor und sah die Röhre hocherfreut an.

»*Es ist ein Geheimnis.*«

»Du willst es uns nicht verraten?«, fragte Jay.

Dramatisch rollte Sam mit den Augen.

»Nein, du Knalltüte. Das stand auf dem Schild. Das ist es: ein Geheimnis.«

Lily sah sie blinzelnd an, während sich ein breites Grinsen auf ihr Gesicht schlich: »Ich kann gar nicht glauben, dass du es nicht geöffnet hast. Ich hätte nicht widerstehen können.«

Sam schmunzelte wissend. »Sollen wir reingucken?«

»Ja! Mach schon, die Spannung bringt mich noch um«, sagte Jay lachend.

Sam fuhr mit dem Finger über die Naht und fand die Stelle, an der man die Röhre öffnen konnte. Sie klappte mit einem Puffen muffiger Luft auf, und darin erschien ein gelber, fest zusammengerollter Zettel. Sam atmete tief durch und drückte ihn auf dem Tisch glatt. Alle drei drängten sich darum.

X markiert die Stelle.

»*X markiert die Stelle*?« Lily schnappte das Stück Papier und drehte es um. Zeitgleich griff Jay nach der Röhre und spähte hinein, um nach einem weiteren Zettel zu sehen.

»Es ist wie …« Lily verstummte, weil sie nicht kindisch klingen wollte.

»Wie eine Schatzsuche«, beendete Sam.

»Bringt nur nicht viel, so ohne Karte. Wie sollen wir das X da finden?«, fragte Jay.

»Vielleicht sollen wir es ja *gar nicht* finden. Auf dem Schild stand immerhin, dass es ein Geheimnis ist«, sagte Sam.

»Vielleicht ist irgendwo in Emilys Museum eine Karte versteckt«, sagte Lily.

»Du meinst im Museum von Emily?« Jay sah sie seltsam an.

»Habe ich doch gesagt.«

»Hast du nicht. Du hast ›Emilys Museum‹ gesagt. Als hätte Emily das Museum gemacht.«

»Glaubst du, das hat sie?«, fragte Sam.

»Ich ... ich weiß nicht. Ich weiß nicht, was ich glauben soll.«

»Ich glaube, wir sollten noch mal ins Museum gehen und nachsehen. Wir alle zusammen. Das ist bis jetzt unser bester Hinweis.«

Draußen war es bereits dunkel. In der Dämmerung waren die Straßen unheimlich und fremd.

»Wie spät ist es eigentlich?«, fragte Lily.

Jay sah auf seine Uhr und verzog das Gesicht. »Meine Mum dreht durch, wenn ich zum Abendessen nicht zu Hause bin. Sam, sie nervt mich ständig damit, dass sie dich sehen will. Möchtest du mitkommen?«

»Klar! Lily, was ist mit dir? Bei Jay gibt es immer genug zu essen. Seine Mum kocht jedes Mal zu viel.«

»Nee, besser nicht. Meine Mum macht schon ständig Witze darüber, dass sie mich gar nicht mehr erkennt. Ich gehe wohl besser nach Hause und verbringe ein bisschen Zeit mit ihr.«

Wegen dieses »Schulprojekts« hatte Lily schon so einige familiäre Abendessen verpasst. Sie winkte ihren Freunden noch und trat dann aus dem goldenen Lichtkreis vor dem Bibliothekseingang, bevor sie sich den Schal fest ums Gesicht wickelte. Die Nächte wurden allmählich kalt, und Lily war froh, als sie die erleuchteten Fenster ihres kleinen Hauses am Ende der Straße sehen konnte.

Die Wärme drinnen sorgte dafür, dass ihr fast die Augen zufielen. Sie schleppte sich hoch in ihr Zimmer und kritzelte noch die Ergebnisse des Tages in ihr Notizbuch. Es war ihr egal, ob man die Sätze am nächsten Morgen noch lesen konnte. Sie schrieb alles auf, an das sie sich erinnern konnte: von dem Datum des Unfalls bis hin zu dem kleinen, ernsten Augenpaar auf dem Foto. Als sie endlich einschlief, träumte sie davon, dass ihr Bett ein winziges Boot war, das einsam und verlassen übers Meer trieb.

ZWÖLF

Lily, Sam und Jay teilten das Museum auf und untersuchten noch einmal alles, was aussah, als könnte es eine Karte beinhalten oder sie zu einem Hinweis führen. Lily sah sich jede einzelne Seite von *James und der Riesenpfirsich* an. Sam drehte jedes einzelne Stück Papier um, um auf der Rückseite nachzusehen. Und Jay inspizierte jedes Wort, das Emily geschrieben hatte, da er davon überzeugt war, dass sich jeden Moment ein geheimer Code offenbaren würde.

Ein Schrei von Sam riss Lily und Jay aus ihrer Konzentration, und sie rannten sofort zu ihr. Sam hielt eine winzige, schwarze Röhre hoch, die noch kleiner war als die mit der Nachricht.

»Das sieht nicht nach einer Karte aus«, sagte Lily.

Sam warf ihr einen vielsagenden Blick zu. »Es ist eine Filmrolle. Das könnten Emilys Fotos sein.«

Lily nahm ihr die Rolle ab und starrte sie an, als würden sich die Fotos zeigen, wenn sie nur lang genug hinsah. »Und was sollen wir damit anfangen? Wie bekommt man die Fotos da raus?«

»Man entwickelt sie in einer Dunkelkammer«, sagte Sam.

»Und wo sollen wir so eine herbekommen?«

Grinsend zog Sam die Kamera hoch, die immer um ihren Hals hing.

»Hast du nicht!«, sagte Lily ungläubig.

»Oh doch«, sagte Sam. »Mein Dad meinte, wenn ich schon Fotografin sein will, dann soll ich es auch gleich richtig machen.«

***

Sams Dunkelkammer war auf dem Dachboden bei ihr zu Hause. Es gelang ihnen, ihre Dads und ihre Brüder abzuwimmeln, aber Costello erwies sich als hartnäckiger und zwängte sich letztendlich mit ihnen in den Raum. Lily, Jay und Costello wurden alle auf die trockene Seite der Kammer verbannt, wo der Tisch mit dem Rotlicht und der teuer aussehenden Ausrüstung stand. Sam hatte die Todesstrafe angedroht, falls jemand sie berühren sollte.

Währenddessen richtete Sam sich auf der anderen Seite ein, wo sie behutsam den Film auf- und wieder zusammenrollte und Chemikalien in flache Schalen goss, die Lily die Tränen in die Augen trieben. Irgendwann kam sie mit dem Film zwischen den Fingern zu ihnen und schob sie mit der Hüfte beiseite.

»Wir haben nur diesen einen Versuch, also fasst nichts an. Atmet nicht mal drauf. Eigentlich guckt ihr besser auch nicht allzu genau hin, sonst könntet ihr sie noch verscheuchen.«

Sie klemmte den Film an die Trockenleine, wusch sich die Hände und wandte sich wieder ihren Freunden zu, die gehorsam *nicht* auf den Film sahen und nur kurze Blicke hinüberwarfen.

»Und jetzt warten wir«, sagte Sam.
»Wie lange denn?«
»Ein paar Stunden, denke ich.«
»Ein paar *Stunden*?«, riefen Lily und Jay gleichzeitig.
»Mit Geduld und Zeit kommt man weit, ihr Banausen.«
»Was sind Banausen?«

Sam runzelte die Stirn. »So nennt mein Dad seinen Manager im Theater.«

Sie gingen nach unten und suchten in der Küche nach etwas Essbarem. Sam machte Käsesandwiches und schnitt ihnen Stücke von einem Zimtkuchen ab, aber sie waren zu aufgeregt, um zu essen. Sie knabberten nur an der Kruste der Brote und zerkrümelten den Kuchen. Sogar Costello schien die Anspannung zu spüren: Er lief wild umher und weigerte sich, sich in seinen Korb zu legen. Stattdessen legte er den Kopf in Sams Schoß, die seine Ohren kraulte und ihm erlaubte, die Kuchenglasur von ihren Fingern zu schlecken. Sams Dad, der die ganze Zeit um sie herumgelaufen war und versucht hatte, eine Unterhaltung in Gang zu bringen, gab irgendwann auf und warf sie alle aus dem Haus, sogar Costello.

Es war ein stürmischer Tag – es regnete nicht richtig, sondern fühlte sich eher so an, als sei die Luft selbst nass. Sie spazierten am Strand entlang, während der Wind ihnen Sand und salzige Meeresspritzer ins Gesicht peitschte. Trotzdem waren sie in Hochstimmung. Das Versprechen eines weiteren Hinweises machte sie ganz hibbelig vor Aufregung. Sie warfen Kiesel und Costellos Stöckchen in die

Wellen und kletterten abwechselnd um die Felstümpel herum, wenn Costello zu aufgedreht war und einer Krabbe oder einem besonders interessanten Stück Seegras hinterherjagte.

Während er über den Strand sauste, flatterten seine Ohren auf alberne Weise hinter seinem Kopf. Sam lief ihm brüllend hinterher, aber es hatte keinen Zweck. Lily beobachtete sie lachend, aber das Lachen blieb ihr im Hals stecken, als Costello vor einem Mann stehen blieb und die Ohren flach anlegte, bevor er rückwärtsging. Der Wind trug ein tiefes Knurren zu ihr herüber, bei dem sich die Haare an ihren Armen aufstellten.

Der Mann streckte die Hand nach dem Hund aus, aber der duckte sich und knurrte ihn weiter an. Sam kam bei ihnen an, und Lily sah, wie sie mit dem Fremden sprach und dabei entschuldigend mit den Armen wedelte. Sie hakte Costello wieder an die Leine und zog ihn mit einigen Schwierigkeiten zu ihren Freunden zurück.

»Dummer Hund«, sagte sie kopfschüttelnd. »Keine Ahnung, was in ihn gefahren ist. Wahrscheinlich ist er von dem Meerwasser betrunken oder so.«

»Was hat er gesagt?«

»Wer, der Typ? Alles okay. Er hat einen Scherz darüber gemacht, dass Hunde eine gute Menschenkenntnis haben.«

Stirnrunzelnd blickte Lily über den Strand, wo der Mann jetzt nur noch ein schwarzer Punkt auf dem Sand war. Sam fuhr sich mit der Hand durch das lange Haar und sah auf ihre Uhr.

»Lasst uns aufbrechen. Unser Film könnte fertig sein.«

Zurück in der Dunkelkammer, hatte sich der Film verändert. Schattenhafte Bilder waren auf der Oberfläche zu sehen, und Lilys Herz schlug aufgeregt. Sam legte den Film in eine kompliziert aussehende Maschine und ließ Papierbögen in die Schalen mit den Chemikalien fallen, bevor sie sie schüttelte.

»Hey! Das kenne ich! Diesen Teil habe ich schon in Filmen gesehen«, sagte Lily. »Darf ich auch mal?«

»Auf gar keinen Fall.«

Lily sah zu Jay hinüber, der schmunzelnd die Augen verdrehte. Als die Fotos entwickelt waren, hängte Sam sie an die Leine, und Lily stiegen Tränen in die Augen, als sie den ersten Blick auf die Bilder aus Emilys Leben warf: zwei Mädchen vor einem mit Lametta behangenen Baum. Eine Jugendliche, die mit ihrer Schwester auf dem Rücken über den Strand lief, während beide vor Lachen schrien. Eine Frau und ein Mädchen, die voll und ganz in einem extravaganten Cancan-Tanz versunken waren und die Beine in der Luft und die Köpfe nach hinten geworfen hatten. Die Fotos knisterten vor Leben und Liebe. Jedes Gesicht auf ihnen wirkte so lebendig, dass Lily fast damit rechnete, dass sie sich gleich umdrehen und sie ansehen würden.

Sams Mund war eine ernste Linie, während sie die Fotos aufhängte, denn das Wissen darüber, was dieser kleinen Familie passiert war, ließ die Bilder furchtbar traurig erscheinen. Dann runzelte sie die Stirn, als sie ein Foto aus der Schale holte und es von sich weghielt. Das Bild war grau und verschwommen. Genau wie das nächste, auf dem zusätzlich eine dünne goldene Linie auf einer Seite zu sehen war.

»Vielleicht haben sie die aus Versehen geschossen. Oder ich habe was falsch gemacht.«

»Aber die anderen sind alle gut geworden.«

Sanft berührte Sam die goldene Linie. »Bei alten Filmkameras musste man den Film nach jedem Foto aufdrehen. Das hier sieht aus, als hätte jemand es nicht ganz richtig gemacht. Es sieht aus, als wären hier zwei Fotos miteinander vermischt, oder?«

»Vielleicht hatte die Person es eilig.«

»Oder sie wusste nicht genau, wie man eine Kamera benutzt.«

»Da ist noch was. In der Ecke, seht ihr?«

»Wartet mal.«

Sam rannte aus dem Zimmer und kam ein paar Minuten später mit einer Lupe zurück. Sie drängten sich um das Foto. Lily blieb fast das Herz stehen. Sam verzog verwirrt das Gesicht.

»Das ist der Mann vom Strand.«

»Wer?«, fragte Jay.

»Der Mann vom Strand. Der, den Costello vorhin angebellt hat.«

»Was? Bist du sicher?«

»Absolut«, sagte Lily und sah genauer hin. »Das war doch erst vor einer Stunde. Das ist er.«

»Das Foto könnte aus Versehen geschossen worden sein«, sagte Jay.

»Wäre aber ein ganz schöner Zufall«, sagte Sam.

Der Mann sah sie vom Rand des Fotos aus an, die Hand ausgestreckt, als wollte er nach etwas greifen.

EMILY

DREIZEHN

Nach der Verfolgungsjagd hatte Emily entschieden, dass sie Caitlyn noch mal auf den Mann ansprechen würde. Sie wartete extra bis nach dem Abendessen, weil sie wusste, dass Caitlyn mit vollem Magen entspannter war. Emily half mit dem Abwasch, brachte Caitlyn eine Tasse Tee und ließ ihr eine Minute, um es sich bequem zu machen. Dann setzte sie sich ihrer Schwester gegenüber auf den Sessel und steckte die Finger in die Löcher des gemusterten Sitzbezugs.

»Caitlyn?«

»Hmm?«

»Bitte sag mir, wer dieser Mann war.«

Kurz sah Caitlyn genervt aus, aber der Ausdruck verschwand so schnell wieder, dass Emily ihn verpasst hätte, wenn sie sie nicht so genau beobachtet hätte. »Welcher Mann?«

»Der Mann, der letztens hier war. Der, der dich so aufgebracht hat.«

»Das habe ich dir doch schon gesagt. Er war niemand und er hat mich nicht aufgebracht.«

Der störrische Zug um ihren Mund spiegelte sich auf Emilys Gesicht wider. »Ich habe dich durchs Fenster gesehen. Du hast geweint, nachdem er gegangen war.«

Caitlyn griff nach einer Zeitung und blätterte sie durch. Das Lächeln, das sie Emily schenkte, war wässrig und dünn. »Süße, darüber haben wir doch schon gesprochen. Du warst wohl zu weit weg, um das richtig erkennen zu können. Ich habe nicht geweint. Ich war nicht aufgeregt. Du kannst so oft fragen, wie du möchtest, aber die Antwort bleibt die gleiche.«

»Was hat er dann hier gemacht?«

»Er war nur irgendein Typ, der eine Umfrage gemacht hat.«

Das war eine Lüge. Emily konnte sich nicht daran erinnern, dass Caitlyn sie je zuvor angelogen hatte. Sie wurde so wütend, dass die Hitze an ihrem Nacken hochkroch. »Er *weiß*, wie ich heiße.«

Caitlyn erstarrte. »Wie bitte?«

»Er weiß, wie ich heiße. Er hat mich angeschrien und mich durch die Stadt gejagt. Warum sollte ein Fremder so was tun?«

»Ich weiß es nicht«, sagte Caitlyn mit zittriger Stimme.

»*Hör auf* zu lügen!« Emilys Stimme war lauter, als sie erwartet hatte, und hallte durch das kleine Wohnzimmer. Caitlyns Kopf zuckte, als sie zurückschreckte. Sie faltete die Zeitung zusammen, warf sie auf den Kaffeetisch und stand auf.

»Ich glaube, wir sind für heute fertig mit Reden.«

Emily folgte ihr in die Küche. »Wir haben nicht mal angefangen. Du erzählst mir gar nichts.«

»Weil ich mich darum kümmern werde.«

»Lass mich helfen!«

»Ich brauche deine Hilfe nicht. Du sollst einfach aufhören, mich ständig zu bedrängen.«

»Nein! Das werde ich nicht. Ich will, dass du mir sagst, was los ist. Sag mir, wer der Mann war und warum er dich so nervös macht. Seit wann haben wir denn Geheimnisse voreinander?«

»Es gibt Dinge, für die du noch zu jung bist.«

»Ich bin kein Baby.«

»Das habe ich auch nicht gesagt.«

»Doch, genau das hast du.«

»Nein, ich …« Caitlyn atmete langsam aus und rieb sich fahrig über das Gesicht. »Ich passe doch nur auf dich auf.«

»Das musst du gar nicht. Hör auf, so zu tun, als wärst du so viel erwachsener als ich. Du bist nicht Mum.«

Die Worte trafen Caitlyn wie eine Ohrfeige. Scham überkam Emily. Ihre Schwester wurde ganz bleich, und die Stille, die durch das Zimmer hallte, schien Stunden anzudauern. Tage.

Caitlyn wandte sich ab, und Emily sah, wie ihre Schultern zu beben anfingen. Sie rieb sich hektisch die Augen und schob sich an Emily vorbei aus dem Zimmer. Emily streckte eine Hand nach ihrer Schwester aus, aber Caitlyn schlug sie weg.

»*Nicht*«, zischte sie. Ihre Schritte wurden mit jeder Treppenstufe leiser. Dann schlug sie die Tür so kräftig zu, dass jedes Fenster im Haus wackelte.

Schwer atmend stand Emily da, der Schock traf sie immer noch in Wellen. Was hatte sie da nur gesagt? Sie goss sich eine Tasse mit kaltem Wasser ein und trank so gierig, dass ihre Zähne an das Glas schlugen und das Wasser überschwappte.

Sie wusste genau, was sie da gesagt hatte. Sie hatte Caitlyn verletzen wollen. Sie war wütend, weil Caitlyn ihr etwas verheimlichte, also hatte sie die grausamsten Worte gewählt, die ihr eingefallen waren, und hatte sie ihr mit aller Kraft entgegengeschmettert. Emily wurde übel. Sie wusste nicht, wie sie das wieder in Ordnung bringen sollte. Draußen war es dunkel, und das Küchenfenster reflektierte ihr Abbild. Anklagend starrte sie sich selbst in die Augen.

Plötzlich überkam sie der unangenehme Gedanke, dass auf der anderen Seite des Fensters jemand stehen und sie, verborgen von der Dunkelheit, beobachten könnte. Kranke, irrationale Panik braute sich in ihrem Bauch zusammen. Sie schaltete hektisch das Licht aus, sodass die Küche in Dunkelheit getaucht wurde.

Nun starrte sie aus dem Fenster und ließ ihren Augen Zeit, sich zu gewöhnen, bis sie draußen im Garten Formen wahrnehmen konnte. Etwas zog ihren Blick auf sich, doch es waren nur die Büsche, die sich im Wind wiegten. Plötzlich spürte Emily, wie erschöpft sie war. Sie rieb sich die Augen und ging nach oben in ihr Bett. Wenn sie nicht so müde gewesen wäre, wäre ihr vielleicht der Schatten im Garten aufgefallen, der sich langsam vom Haus entfernte.

Weniger als eine Woche nach ihrem Streit verschwanden Emily und Caitlyn McCrae.

LILY

VIERZEHN

Das fotografische Abbild des mysteriösen Mannes gab Lily und ihren Freunden eine neue Spur, der sie folgen konnten. Sam hatte angefangen, den armen Costello durch die ganze Stadt zu schleppen, weil sie hoffte, dass er den Bösewicht erschnüffeln würde. Was genau sie in dem Fall mit ihm vorhatte, wusste allerdings keiner so wirklich. Die drei hefteten das verschwommene Foto in die Mitte ihrer Pinnwand und schrieben ein großes Fragezeichen daneben.

Sowohl die Pinnwand als auch die Tafelwand füllten sich allmählich, leider mehr mit Fragen als mit Antworten. Lilys Stammbaum war nicht weitergewachsen. Die Zweige, die nicht mit Emily und ihrer Schwester endeten, führten aus Edge hinaus und erwiesen sich daher als schwer nachzuverfolgen.

Nachdem Jay die Stadtpläne analysiert hatte, bis er schielte, fertigte er nun eine Karte der Stadt an, auf der er Plätze markierte, die mit Familie McCrae in Verbindung standen. Bei der Entdeckung des Gewirrs aus Geheimtunneln, die durch die Stadt verliefen, war Lily furchtbar aufgeregt gewesen, bis ihre Freunde die Augen verdreht und ihr erzählt hatten, dass *alle* von ihnen wussten.

Jays Karte war gigantisch und wunderschön: Sie nahm den Großteil des Tischs ein, was bedeutete, dass die Stapel an Notizblöcken und verschiedenen Zetteln nun auf den Boden gewandert waren. Lily fuhr die Straßen mit den Fingerspitzen nach und umkreiste liebevoll ihre drei Häuser, neben die Jay sie drei als Comicfiguren gezeichnet hatte: Sam hielt eine Kamera, Jay hatte einen Stift in der Hand und Lily spähte über einen wackligen Stapel Bücher.

Als ihnen fast die Decke auf den Kopf fiel, gingen sie an den Strand und ließen sich von der kalten Luft erfrischen. Sie saßen auf der bröckelnden Mauer der Promenade und versuchten, die Tatsache zu ignorieren, dass es auf ihre Pommes regnete. Lily wärmte sich die Hände an der Papiertüte, während sie sich die Pommes in den Mund schob und auf ihrer Zunge hin und her hüpfen ließ, damit sie sich nicht verbrannte. Das Salz prickelte auf ihren Lippen. Da fiel ihr auf, dass es wie das Meer schmeckte und dass das Meer anfing, sich nach Zuhause anzufühlen. Sam griff in Lilys Tüte und stibitzte sich eine Handvoll Pommes, die sie sich alle auf einmal in den Mund stopfte.

»Ich denke, wir sollten noch mal über die Nachricht nachdenken«, sagte sie schmatzend. »Sie fühlt sich an wie der Schlüssel zur Lösung des Ganzen.«

»Ich weiß nicht«, sagte Lily. »X markiert die Stelle? Das ist nicht gerade konkret. Das ist der Hinweis für absolut jede Schatzkarte. Es war bestimmt nur Teil eines Spiels oder so was.«

Sam schüttelte den Kopf. »Niemals! Denk doch mal an die Beschriftung. Wofür auch immer diese Nachricht war, sie war wichtig genug, um ein Geheimnis zu sein.«

»Okay. Wenn es also ein Schatzkartenhinweis ist, dann müssen wir vielleicht mit einer Schatzkartentechnik an die Sache rangehen. Nach Codes suchen. Oder nach unsichtbarer Tinte.«

»Wie findet man denn unsichtbare Tinte?«

Lily leckte sich das Salz von den Fingern. »Mit Zitronensaft. Oder UV-Licht.«

»Wir können doch keinen Zitronensaft auf einen zwanzig Jahre alten Hinweis gießen. Was, wenn er sich auflöst?«

Lily zuckte mit den Schultern. »Dann hätten wir wohl gar nichts mehr.«

Sie fütterte Costello mit einer Pommes. Der legte daraufhin den Kopf zufrieden auf ihre Knie.

Auf dem Rückweg zur Bibliothek setzten sie Costello bei Sam zu Hause ab. Ms Bright hatte die drei zwar gern, aber *so* gern dann auch wieder nicht.

Als Lily die Tür zu ihrem Leseraum aufschob, raubte der Anblick ihr den Atem. Der ganze Raum war vollkommen verwüstet. Zettel waren von der Pinnwand gerissen und auf den Boden geworfen, sodass die bunten Fäden lose daran hinabhingen. Handabdrücke aus Kreide verschmierten die

Tafelwand. In der Mitte von Jays Karte befand sich ein riesiger Schnitt. Und das Foto von dem Mann war verschwunden.

Sam stand am Tisch und fuhr den Schnitt auf Jays Karte mit dem Finger nach, während sich Entsetzen auf ihrem Gesicht ausbreitete. Jay sah fahl und angespannt aus. Lily blickte panisch von einem zum anderen und wartete darauf, dass jemand etwas Mutiges sagen oder einen Witz reißen würde – irgendetwas, um Lily vom wilden Pochen ihres albernen, angsterfüllten Herzens abzulenken.

»Wer könnte das getan haben?«

»Jeder kann hinter den Empfangstisch gehen und sich den Schlüssel schnappen, wenn er von ihm weiß«, sagte Jay mit bebender Stimme.

»Glaubst du etwa, dass uns jemand beobachtet?«, fragte Sam.

Als Lily sprach, war ihre Stimme hoch und hysterisch, so schlecht gelang es ihr, unbekümmert zu klingen. »Nun, wen interessiert schon, ob jemand hier war? So was passiert eben, wenn man sich auf so ein Geheimnis einlässt, oder?«

Sam und Jay sahen sie blinzelnd an, sie hatten denselben verdutzten Ausdruck im Gesicht.

»Bist du verrückt?«, fragte Sam. »Wir können doch nicht weitermachen!«

Lilys Herz hämmerte in ihrer Brust. Das Museum war der *einzige* Grund dafür, dass Sam und Jay hier waren. Das Geheimnis war alles, was die drei zusammenhielt.

»Wie meinst du das? *Natürlich* können wir das.«

»Sieh dir doch mal Jays Karte an«, sagte Sam und zeigte auf den riesigen Schnitt. »Jemand will nicht, dass wir dem Ganzen nachgehen und dieser Jemand hat ein Messer.«

»Aber wir *müssen* weitersuchen.«

»Nein, Lily, das müssen wir nicht«, sagte Jay.

»Ernsthaft? Wir geben einfach auf?«

»Man kann nichts aufgeben, was man nie hatte. Alles, was wir haben, ist ein großer Haufen Nichts. Wir suchen schon seit Wochen und sind nirgendwo gelandet. Vielleicht gibt es einfach gar nichts.«

Lily wurde rot. Vielleicht hatten die zwei schon die ganze Zeit nach einer Ausrede gesucht, um auszusteigen.

»Ihr wollt mich wohl auf den Arm nehmen? Seht euch doch mal um! Irgendjemand hat das hier getan, *weil* wir der Sache näher gekommen sind. Es könnte etwas Großes sein. Das hat eine Person getan, weil sie Angst hat.«

»*Ich* habe Angst.«

Lily sah entsetzt zwischen den beiden hin und her. Jay schüttelte traurig den Kopf. Das Blut in ihren Adern gefror zu Eis. Ihre Freunde sollten sie besser machen, stärker. Wenn sie solche Feiglinge waren, dann war sie allein besser dran. Wut kochte in ihrem Bauch und ließ ihre Haut kribbeln.

»Aber ihr solltet keine Angst haben.«

»Oh, wir *sollten* keine Angst haben? Tja, warum hast du das nicht gleich gesagt? Jetzt fühle ich mich gleich viel besser. Wir sind keine Figuren in einem deiner doofen Bücher, Lily. Du kannst nicht entscheiden, wie wir uns fühlen *sollten*.«

»Na gut, dann geht doch! Gebt auf. Ich will euch sowieso nicht hier haben. Ihr seid langweilig und weiter nichts, genau wie diese Stadt langweilig und weiter nichts ist. Das habe ich von Anfang an gewusst. Ihr habt so ein Geheimnis gar nicht verdient.«

Während Lily brüllte, weigerte sie sich, Sams verletzten Gesichtsausdruck und Jays zusammengepresste Lippen anzusehen. Sie hasste die beiden.

Sam machte den Mund auf, als wollte sie etwas sagen, doch dann drehte sie sich einfach um und marschierte in einem Wirbel aus kariertem Mantel und zerzaustem Haar hinaus. Mit verschränkten Armen sah Lily Jay an.

Einen Moment lang blickte er ihr in die Augen. Dann schob er sich an ihr vorbei und ließ sie allein im Chaos des Leseraums zurück.

FÜNFZEHN

Am Montagmorgen wartete Sam nicht an Lilys Tor. Sie und Jay wandten sich ab, als Lily ins Klassenzimmer kam, und hielten die Blicke gesenkt, als sie sich hinter ihnen auf den Platz setzte. Hektisch wischte Lily die Träne weg, die auf ihren Tisch getropft war. Sie war nicht traurig! Es war ihr vorher allein gut gegangen und es würde ihr auch jetzt allein gut gehen. Sogar noch besser, weil die beiden sie nun nicht mehr ablenken würden. Sie konnte das Geheimnis um Emily auch selbst lösen, und dann würde es ihnen leidtun. Ihre Brust zog sich zusammen, als Jay Sam etwas ins Ohr flüsterte, das sie zum Lachen brachte.

Lily ging zum Mittagessen wieder allein in Ms Hanans Klassenzimmer. Diese hob fragend eine Augenbraue, eilte dann aber zu Lily, als sie den Kopf auf den Tisch legte und anfing zu weinen.

Auf dem Heimweg ging sie an Sams Haus vorbei und hoffte fast, dass jemand sie sah, hatte aber auch genau davor Angst. Doch es kam nur Costello, um sie zu begrüßen. Er sprang munter auf sie zu und drängte den Kopf über die Mauer. Als sie einfach vorbeiging, wimmerte er. Mit einem schweren Seufzer drehte sie sich um und streichelte seine weichen Ohren. Er hatte ja nichts falsch gemacht.

In ihrem Zimmer angekommen, legte sie das Foto von sich und ihren Freunden erst verkehrtherum hin, dann versteckte sie es doch in der Schublade.

Während der Herbst unaufhörlich auf den Winter zueilte, wurde Edge kalt und hart. Der Himmel lag schwer und bleiern über der Stadt, die Straßen waren voller Eis, und das graue Meer erinnerte an scharfe Messerklingen. Die Sonne hing tief am Himmel, als wäre sie zu müde, um höher zu steigen, wodurch die Stadt fast die ganze Zeit über dämmrig war.

Lily kehrte in die Bibliothek zurück. Sie warf alles weg, was der Vandale zerstört hatte, stopfte alles, was noch zu retten war, in ihre Tasche und gab Ms Bright den Schlüssel zurück. Lily sagte ihr, dass sie den Raum nicht mehr brauchen würden. Dass das Projekt vorbei war. Sam musste Ms Bright von dem Streit erzählt haben, denn sie sah gar nicht überrascht aus.

Mit der Tasche voller Rechercheunterlagen beschloss Lily, auf dem Heimweg noch beim Museum vorbeizuschauen. Sie würde mutiger sein als ihre Freunde. Wobei sie jetzt, da sie gar keine Freunde mehr waren, wohl aufhören sollte, sie so zu nennen.

Sie ignorierte das unangenehm mulmige Gefühl in ihrem Magen, während sie durch die dunkler werdenden Gassen wanderte. Dort war es sogar noch dunkler, weil die Häuser so dicht beieinanderstanden, dass das schwache Tageslicht kaum durchkam. Lily lief schnell. Sie hatte das absurde Gefühl, dass jemand genau hinter ihr war, dicht auf ihren Fersen, und angreifen würde, sobald sie sich umdrehte. Sie zwang sich, langsamer zu gehen. Alles war gut. Sie hatte keine Angst.

Die Straßen waren ruhig, die Kälte hatte alle Leute in ihre Häuser getrieben. Das Echo ihrer Schritte hallte einen Sekundenbruchteil nach ihren tatsächlichen Schritten auf dem gefrorenen Kopfsteinpflaster wider, ein polternder Rhythmus. Sie blieb stehen. Ihre Schritte verstummten. Oder war da noch ein Schritt ertönt, nachdem sie schon angehalten hatte?

Lily drehte sich um und blickte die Straße hinauf. An der Wand regte sich ein Schatten, dann versperrte ein Mann ihr den Weg. Lilys Herz pochte laut. Er war es. Der Mann vom Strand. Der Mann auf Emilys Fotos. Sein Gesicht wurde kurz erhellt, als er ein Streichholz zündete, um seine Zigarette anzustecken. Er blies Lily den Rauch ins Gesicht. Sie kämpfte gegen ein Husten an, weil sie ihm die Genugtuung nicht gönnen wollte.

»Kann ich Ihnen helfen?«, fragte sie mit straffen Schultern und gehobenem Kinn.

Er grinste sie unfreundlich an. »Ich höre, du bist an dem McCrae-Mädchen interessiert.«

Lily wurde kalt. »Ich weiß nicht, wovon Sie sprechen.«

Der Mann lachte, hustete und spuckte einen gelben Klumpen auf die Straße. Lily rümpfte die Nase.

»Du und deine kleinen Freunde solltet nicht so laut reden, wenn ihr eure Geheimnisse für euch behalten wollt.«

»Was geht Sie das an?«

»Oh, ich bin nur ein alter Freund von Emily, mehr nicht. Habe sie schon lange nicht mehr gesehen. Wäre schön, mal wieder zu plaudern.«

»Wir wissen gar nicht, wer sie ist.« Das war immerhin die Wahrheit.

»Lüg mich nicht an, Kleine. Wenn du sie das nächste Mal siehst, richte ihr einen Gruß von Horace Snyde aus. Sag ihr, ich habe sie nicht vergessen.«

Der metallische Geschmack von Angst stieg in Lilys Kehle auf. Snyde wartete nicht auf eine Antwort, sondern zertrat sein Streichholz mit dem Stiefel und spazierte davon.

Schwer atmend stand Lily da. Zwar konnte sie ihn nicht mehr sehen, aber sie wurde den Gedanken nicht los, dass er irgendwo im Schatten lauerte und genau beobachtete, was sie als Nächstes tun würde. Wer auch immer Snyde war, er schien Emily wehtun zu wollen. Und der Schlüssel zu Emilys Aufenthaltsort war in dem Museum, da war Lily sich ganz sicher. Sie musste Emily beschützen.

Entschlossen mied sie die Straße, die zum Museum führte, und ging im Zickzack nach Hause. Im Flur kickte sie ihre Stiefel von den Füßen und schloss die Tür hinter sich ab, nur um sicherzugehen.

Das Haus war leer, also schleppte Lily ihre Tasche in die Küche und schmierte sich ein Erdnussbuttersandwich. Sie würde ihre ganze Energie brauchen, um die Notizen noch einmal durchzugehen. Am Kühlschrank klebte ein Zettel von ihrer Mum, den Lily schnell überflog. Dann ließ sie fast ihr Sandwich fallen.

Bin zu den Läden am X gegangen. Bin bald zurück.

Sie riss den Zettel vom Kühlschrank und starrte ihn an, als würde er ihr allein dadurch sein Geheimnis verraten. Als

Lily den Schlüssel ihrer Mum im Schloss hörte, rannte sie ihr so eilig entgegen, dass sie sie fast umwarf. Die befreite sich von ihrer Tochter, um die Einkaufstüten auf dem Tisch abzustellen und die Schneeflocken aus ihrem Haar zu schütteln.

Lily wedelte mit dem Zettel herum. »Was bedeutet das?«

Ihre Mum sah sie blinzelnd an. »Dass ich einkaufen war. Was ist los?«

»Aber was bedeutet es? *Wo* warst du?«

»Wovon redest du? Ich war beim Kreuz.«

Das Kreuz! Die Hauptkreuzung in Edge, wenn man sie denn so nennen konnte. Zwei Straßen, die sich im rechten Winkel kreuzten, mit Läden auf jeder Seite. Ein gigantisches X. So einfach konnte es doch nicht sein, oder?

SECHZEHN

Lily stand früh auf, um zum Kreuz zu gehen. Edge war so ruhig wie immer. Die Ladenbesitzer bauten Markisen auf und polierten ihre Schilder für den kommenden Tag, ein paar müde aussehende Büroarbeiter schlürften ihren Kaffee, eine junge Frau ging noch im Pyjama mit ihrem Hund Gassi. Über allem hing ein feiner Nebel, der in der Kälte glitzerte und sich in salzigen Wellen auf Lilys Arm legte. Sie schaute in beide Richtungen und trat dann auf die Straße. In der Mitte der Kreuzung war ein goldener Kompass eingraviert. Lily war schon Hunderte Male darüber spaziert und hatte ihn nie bemerkt.

Von einem verzierten Kreis in der Mitte gingen vier Pfeile aus, an deren Spitzen elegante Buchstaben eingraviert waren. So von oben betrachtet, sah es wirklich aus wie ein riesiges goldenes X inmitten der Stadt. Lilys Instinkt zerrte an ihr und jagte ihr ein Kribbeln durch den Körper – von den Sohlen bis in die Kopfhaut. Hier war etwas, das konnte sie fühlen. Sie ging um den Kompass herum und suchte nach etwas Ungewöhnlichem. Ihr stockte der Atem. Genau über dem O hatte jemand ein winziges Herz mit einem E eingekratzt. O stand für Osten. Und E für Emily.

Lily rannte aufgeregt über die Kreuzung und zog dadurch ein erzürntes Hupen der Autos auf sich. Als sie am Ende ihrer eigenen Straße angekommen war, blickte sie in beide Richtungen. Sie war instinktiv zu Sam gelaufen, doch die Erinnerung an ihr wütendes Gesicht ließ sie abrupt stehen bleiben. Dann drehte sie sich in Richtung von Jays Haus. Im Moment fühlte sich das wie die sicherere Wahl an.

Sie hämmerte an die Tür, und erst als sie dahinter jemanden grummeln hörte, fiel ihr wieder ein, wie früh es noch war. Die Tür wurde geöffnet, und Jay funkelte sie durch halb geschlossene Augen an. Er trug einen Pyjama und sein Gesicht war vom Schlaf noch ganz zerknautscht. Dieser Morgenmuffelauftritt passte so ganz und gar nicht zu dem ordnungsliebenden Jay, dass Lily fast lachen musste. Bis ihr der große Streit wieder einfiel.

»Hast du eigentlich eine Ahnung, wie früh es ist? Ich werde dich wegen unsozialen Verhaltens melden.«

Seine Reaktion war besser, als sie erwartet hatte. Sie beugte sich zu ihm vor.

»Jay, ich glaube, ich habe was gefunden.«

Er seufzte und sah sie durch zusammengekniffene Augen unglücklich an. Einen Moment lang dachte sie, er würde ihr die Tür vor der Nase zuschlagen. Doch dann trat er beiseite und winkte sie herein.

»Komm besser rein, wir frühstücken gerade. Zieh deine Schuhe aus.«

Lily kickte die Schuhe von ihren Füßen und folgte Jay in die Küche. Sam hatte recht gehabt, was Jays Mum anging. Auf der Küchentheke war so viel Essen, dass die ganze Stadt davon hätte satt werden können.

»Mama, das ist Lily, eine Freundin von mir.«

Falls Jays Mutter überrascht oder genervt war, weil eine Fremde so früh am Morgen schon vor ihrer Haustür stand, ließ sie sich davon nichts anmerken. Sie lächelte Lily strahlend an und griff herzlich nach ihrer Hand.

»Sehr schön, dich kennenzulernen, Lily. Hast du Hunger?«

Mit einem lauten Knurren antwortete Lilys Magen für sie. Sie lief rot an, aber Jays Mum warf nur den Kopf nach hinten und lachte, wobei sie in die Hände klatschte.

»Wunderbar. Nimm dir einen Stuhl und lass uns frühstücken. Ich nehme mal an, was auch immer dich heute Morgen hierhergebracht hat, ist sehr wichtig, aber ich kann dir versprechen, mit einem vollen Magen ergibt alles mehr Sinn.«

Da konnte Lily nicht widersprechen, also bediente sie sich an dem großzügigen Stapel Pancakes. Nachdem Jay gegessen hatte und etwas wacher geworden war, fiel ihm auf, dass er noch seinen Pyjama trug. Er entschuldigte sich mit einem beschämten Lächeln. Mit einer dampfenden Tasse Kaffee in den Händen wandte Jays Mum ihre ganze Aufmerksamkeit Lily zu.

»Also, was führt dich zu so früher Stunde an unsere Tür, Lily? Muss ja was Aufregendes sein.«

»Oh. Nicht allzu aufregend. Nur diese … Sache für die Schule.«

»Ach ja, das mysteriöse Schulprojekt, von dem ich schon so viel gehört habe. Muss ja sehr interessant sein, wenn du an einem Wochenende so früh daran denkst. Du und Jay habt auf jeden Fall schon viel Zeit damit zugebracht.«

Sie warf Lily einen wissenden Blick zu, der in ihr den Wunsch weckte, zum Sterben unter den Tisch zu kriechen. Jay kam in einer Jeans und einem karierten Hemd die Treppe heruntergepoltert.

»Schickes Hemd«, sagte seine Mum und zwinkerte Lily zu.

Lily spürte, wie ihr die Röte ins Gesicht stieg. Plötzlich fand sie ihre Fingernägel wahnsinnig interessant. Jay schob sich eine Scheibe Toast zwischen die Zähne und zog Lily mit sich. Schüchtern winkte sie seiner Mum zum Abschied und folgte ihm dann nach draußen, wo ihr die Luft angenehm das heiße Gesicht kühlte.

Sie nahmen den vertrauten Weg am Strand entlang. Wieder war Lily genervt davon, wie sehr es sich nach Zuhause anfühlte. Jay vergrub die Hände tief in seinen Taschen.

»Also. Hat sie dich gefragt, ob du meine Freundin bist?«

Lily lachte erleichtert auf. »Ja! Na ja, jedenfalls irgendwie. Sie ist drumherum getanzt.«

Jay verdrehte die Augen. »Ganz ehrlich, sie ist ein Albtraum. Dasselbe macht sie auch immer mit Sam.«

»Oh, Gott sei Dank. Ich dachte ... Na ja, ich weiß nicht, was ich dachte. Ich mag dich, aber nicht *so*, weißt du?«

»Ich weiß. Ich mag dich auch nicht so.«

Lily lächelte. »Sehr gut. Dann können wir ja Freunde bleiben.«

Das sagte sie, ohne groß darüber nachzudenken. Jay wurde still und schlurfte mit den Füßen. Lily zog an einer ihrer Haarsträhnen und wickelte sie sich um den Finger.

»Es tut mir leid!«, platzte es aus ihr heraus. Jay sah sie an, seine dunklen Augen waren unergründlich. »Tut mir leid, was ich gesagt habe. Ich kann es nicht mal richtig erklären. Ich war wütend und grauenvoll und es … tut mir einfach schrecklich leid.«

Einen Moment lang schwieg Jay nachdenklich, dann lächelte er sie schwach an. Ihr Inneres begann zu schmelzen.

»Es tut dir also leid, ja?«

Lily nickte heftig. »*Schrecklich* leid.«

»Okay. Dann lass uns Sam holen.«

SIEBZEHN

In Lilys Bauch tanzten Schmetterlinge, als sie vor Sams Haustür standen. Vielleicht würde Sam ihr die Tür vor der Nase zuknallen. Nach dem, was Lily gesagt hatte, hätte sie es nicht anders verdient. Auf der anderen Seite konnte sie Costello hören, aber es dauerte eine halbe Ewigkeit, bis die Tür endlich geöffnet wurde. Sams Papa strahlte, als er die beiden sah.

»Lily! Du warst ja ewig nicht mehr hier. Kommt doch rein! Und Jay, schön dich zu sehen, Mister.«

Er trug einen aufwendig gestrickten Pullover, und als Lily und Jay ihm ins Wohnzimmer folgten, sahen sie, dass Sams Dad genau den gleichen trug. Er bemerkte, dass sie ihn anstarrten, und zwinkerte ihnen zu.

»Wir haben uns entschlossen, unsere Weihnachtspullis endlich hervorzukramen. Wir sind schon richtig in Weihnachtsstimmung.«

»Es ist *November*«, sagte Lily.

»Ganz genau.«

Die Tür öffnete sich geräuschvoll und Sam platzte herein. Sie trug einen wunderbar schrecklichen weinroten Strickpullover mit einem riesigen Pinguin darauf.

»Ta-dah!«, rief sie, bevor ihr Blick auf Jay und Lily fiel. »Oh. Hallo.«

Es herrschte eine unangenehme Stille. Sams Väter tauschten Blicke aus.

»Sollen wir einfach … Ja, wir sind … Ruft einfach, falls ihr uns braucht.« Sie schlichen hinaus und schlossen die Tür hinter sich.

Mit verschränkten Armen und ausdruckslosem Blick starrte Sam Jay und Lily an. Der fröhliche Pinguin ließ sie nur minimal weniger einschüchternd wirken.

»Was wollt ihr?« Sie würde es Lily nicht einfach machen.

Lily senkte den Blick auf ihre Finger. »Ich wollte mich entschuldigen.«

»Wofür?«

»Für die Dinge, die ich gesagt habe. Ich war aufgebracht und dumm und ich war wütend darüber, dass ich Angst hatte. Wütend darüber, dass ihr Angst hattet, weil ihr mich doch mutig machen solltet.«

Sam blies sich eine Haarsträhne aus dem Gesicht. »Lily … Ich kann dich weder mutig noch sonst wie machen.«

»Ich weiß.«

»Vor allem nicht, wenn man bedenkt, wie langweilig und schrecklich ich anscheinend bin.«

»Das habe ich nicht so gemeint. Ich finde überhaupt nicht, dass du langweilig bist. Ich finde, du bist …« Verlegen brach sie ab. »Ich habe noch nie Freunde wie euch gehabt. Ich finde euch wirklich großartig.«

Sams Augen funkelten, aber nur ganz leicht. Sie schürzte die Lippen und zog an einem Faden an ihrem Pullover. »Ich nehme an, du bist wegen Emily hier.«

Lily nickte. »Ich glaube, ich habe was gefunden. Ich glaube, ich weiß, wo das X ist.«

Ohne ein weiteres Wort schüttelte Sam den Kopf und verließ das Zimmer. Lilys Brust zog sich zusammen. Enttäuscht sah sie zu Jay. Er schenkte ihr ein mitfühlendes Lächeln und öffnete den Mund, um etwas Tröstendes zu sagen.

Da steckte Sam den Kopf durch die Tür. Sie trug schon ihren Mantel.

»Also? Kommt ihr beiden oder was?«

Die frühmorgendliche Sonne wärmte Lily den Rücken durch ihren Wintermantel. Während sie sich alle Mühe gab, mit Sams langen, zielgerichteten Schritten mitzuhalten, fragte sie sich, ob sie jemals zuvor so glücklich gewesen war. Als sie dem Kreuz näher kamen, begannen Sams Augen zu leuchten.

»X markiert die Stelle. Lily, du kleines Genie.« Sie schlang die Arme um Lily und schüttelte sie aufgeregt. »Ich muss schon eine Milliarde Mal über diese Kreuzung gegangen sein. Wie konnte ich das übersehen?«

»Es war wohl ein frisches Augenpaar nötig«, sagte Jay und grinste Lily an.

»Seht mal, deswegen denke ich, dass ich recht habe.« Sie hockte sich hin und zeigte auf das winzige Herz bei dem O.

»Okay, wenn das hier also das X ist, was kommt nun? Ist der nächste Hinweis unter der Kreuzung vergraben?«, fragte Jay.

»Also, ich hab da eine *ganz* verrückte Idee: Wir könnten dem riesigen goldenen Pfeil folgen ...« Lily zeigte nach Osten, in Richtung des Meeres, das von Weitem glitzerte.

Sam brach in schallendes Lachen aus. »Ich habe dich vermisst.«

Lily drehte sich weg, damit niemand ihr Grinsen sah.

Sie folgten der Straße bis zum Meer und hielten dabei die Augen nach allem Ungewöhnlichen offen. Auf der Promenade befand sich eine Reihe von Bänken, die mit Blick zum Meer ausgerichtet waren. Stirnrunzelnd ging Lily um sie herum und schaute zum Pfeil zurück. Und tatsächlich zeigte er genau auf eine von ihnen.

Sam und Jay bemerkten, was sie tat, und kamen zu ihr. Sam beugte sich vor, um den Dreck von der Widmung auf der Plakette auf der Bank zu wischen.

Im Herzen bleiben wir vereint.

»Sagt das einem von euch etwas?«, fragte Lily.

Sam zuckte mit den Schultern. »Klingt wie jede andere Widmung auch.«

»Klingt irgendwie … religiös. Wie nach dem Tod verbunden bleiben oder so. Vielleicht ist der nächste Hinweis in einer Kirche? Oder auf einem Friedhof?«, überlegte Jay.

»Der nächste Hinweis worauf?«, fragte Lily. »Wir wissen immer noch nicht, was wir suchen.«

»Vielleicht werden wir das erst wissen, wenn wir es gefunden haben.«

»Aber wenn wir nicht wissen, was es ist, wie sollen wir dann wissen, *dass* wir es gefunden haben?«

Seufzend ließ Sam sich auf die Bank sinken. Ihre Freunde zwängten sich von beiden Seiten neben sie. Es war nur wenig Platz, aber wenigstens war es so wärmer.

»Ich wünschte, wir hätten eine Tüte Pommes. Ist es zu früh für Pommes?«, fragte Jay.

»Es ist nie zu früh für Pommes«, sagte Sam.

»Wie kannst du nach dem Frühstück noch hungrig sein?«, fragte Lily.

Sam lachte. »Oh, du hast also Jays Mum kennengelernt? Hat sie gefragt, wann ihr beiden heiratet?«

Jay stieß Sam mit dem Ellenbogen an. Lily grinste. »Hat sie. Ich habe ihr gesagt, wir peilen Juni an.«

»Wunderbar. Dann besorge ich mir einen Hut.«

Der Himmel sah aus wie vergossenes Gold, das in dicken Rinnsalen auf den Horizont zulief. Die Häuser und Straßen waren gelb getränkt, das Meer hingegen glänzte kühl wie ein eiserner Streifen, als würde es sich weigern, sich der strahlenden Sonne zu ergeben. Lily spürte jetzt eine Zufriedenheit in ihrem Bauch, die sie von innen heraus wärmte – und überraschte. Also schlang sie einen Arm um Sam. Sam drückte sie.

»Ich bin dem Typen vom Foto gefolgt«, sagte sie dann.

Lily wäre fast von der Bank gefallen. »Du bist *was*?«

»Ich bin ihm gefolgt. Guck mich nicht so an. Ich konnte dir ja schlecht davon erzählen, nachdem du mir die Freundschaft gekündigt hast.«

Lily wand sich. Sam drückte erneut ihren Arm. »Nach der Sache in der Bibliothek hatte ich eine Weile Angst. Und dann bin ich richtig wütend geworden. Je mehr ich darüber nachgedacht habe, desto mehr war ich davon überzeugt, dass du recht hattest. Nicht damit, dass wir langweilig und doof sind, sondern dass der Raum auseinandergenommen wurde, weil wir so nah an etwas dran waren, dass es jemanden gestört hat. Oder ihm Angst gemacht hat. Und dann habe ich an diesen Typen gedacht.«

Lily kaute auf ihrer Unterlippe herum. »Ich muss euch was sagen, aber ihr dürft nicht böse werden.«

Sam drehte sich zu Lily um und schob sie an den Rand der Bank. »Was ist denn?«

»Ich habe ihn getroffen.«

Diesmal flog Lily tatsächlich von der Bank. Sie stand auf und klopfte sich den Staub ab.

»Was meinst du mit ›getroffen‹?«

»Der Typ vom Foto. Er hat mich eines Nachts auf der Straße angesprochen und über Emily ausgefragt. Er wusste, dass wir nach ihr suchen. Und er dachte offenbar, wir hätten sie schon gefunden.«

Sam erschauerte. »Schön wär's. Ich hätte zulassen sollen, dass Costello ihn zerfleischt. Wer ist er? Warum ist er an Emily interessiert?«

»Ich bezweifle, dass er dieselben Gründe hat wie wir. Sein Name ist Horace Snyde, aber ich weiß nicht, wer er genau ist oder was er von Emily will. Was hast du herausgefunden, als du ihm gefolgt bist?«

»Also, er ist jedenfalls ein absolut widerlicher Typ, das kann ich euch sagen. Ich habe ihn einmal dabei beobachtet, wie er Rotze aus der Nase direkt auf den Boden geschnieft hat.«

»Eklig.«

»Absolut«, stimmte Sam zu. »Jedenfalls habe ich nicht viel mehr als das herausgefunden. Er lungert oft bei der Bibliothek rum.«

»Recherchiert er auch?«

Sam schüttelte den Kopf. »Nein, er geht nie rein. Er steht bloß draußen rum. Aber vielleicht behält er uns im Auge, um sicherzugehen, dass wir nicht wieder mit unseren Nachforschungen angefangen haben.«

»Wenn er Emily sucht, warum sollte er sich dann Sorgen machen, dass wir etwas herausfinden?«, fragte Jay. »Er müsste doch *wollen*, dass wir sie finden. Warum sollte er also den Leseraum zerstören?«

Lily verlagerte ihr Gewicht. »Vielleicht damit wir nicht merken, was er mitgenommen hat. Ich habe nämlich einiges mit nach Hause genommen, um weiterzuarbeiten, aber es haben ein paar Dinge gefehlt. Das Foto von ihm. Der Notizblock mit den Infos zu Emilys Mum.«

»Denkst du, er weiß von dem Museum?«, fragte Jay.

Sam kräuselte die Nase. »Ich hoffe nicht! Solange ich ihm gefolgt bin, hat er sich dem Gebäude jedenfalls nicht genähert.«

»Ich bin nicht mehr da gewesen … seit der Sache mit dem Leseraum. Ich hatte Angst, dass ich ihn direkt hinführe«, sagte Lily. »Vielleicht sollten wir mal nachsehen, ob Emilys Sachen immer noch da sind.«

ACHTZEHN

Zu ihrer großen Erleichterung sah das Museum genauso aus wie immer. Trotz der ganzen Zeit, die Lily nun schon dort verbracht hatte, raubte es ihr weiterhin den Atem. Diesem Ort wohnte mehr als nur ein Hauch von Magie inne: Jeder winzige Gegenstand war für sie ein Talisman oder ein neuer Hinweis. Die drei hatten unzählige Stunden damit zugebracht, vergeblich auf Knöpfe, Bücher, Blumen und Haarbürsten zu starren – in der Hoffnung, dass sie ihre Geheimnisse mit ihnen teilen, dass sie ein paar Puzzleteile an die richtigen Stellen rücken würden.

Sie suchten das ganze Museum nach Spuren ab. Die ersten beiden Räume waren klein und seltsam geformt, damit sie in die Fischerhütten passten, doch sobald man den letzten Raum betrat, offenbarte sich ein Bereich, der einmal ein Lagerhaus gewesen sein musste. Er war genauso eingerichtet wie die anderen: wunderschönes dunkles Holz, geschmackvolle Beleuchtung, elegante Regale. Doch der Besitzer des Museums hatte es nicht geschafft – oder nicht gewollt – die Geschichte des Hauses auszulöschen. Hier und da stolperte Lily über ein vermodertes Fass, auf dem ein Datum eingebrannt war, das Hunderte von Jahren zurückreichte. Oder eine Kiste mit einem Fischernetz, unter dem sich zusammengerollte Seile befanden. Der Geruch von Alkohol und Salz hatte sich in dem Raum festgesetzt und schien aus jeder Holzdiele aufzusteigen.

Sie zankten sich gerade um die Bedeutung einiger Ausstellungsstücke, als Lily ein Knarzen hörte. Sie wedelte mit den Armen, damit ihre Freunde aufhörten zu reden. Schweigend spitzten sie die Ohren. Aber da war nichts. Nur das gelegentliche Seufzen des alten Gebäudes.

»Vielleicht war's nur der Wind?«, flüsterte Sam.

Lilys Schultern hatten sich ein wenig entspannt, doch dann knarzte es erneut. Panik stieg in ihr auf.

»Hier ist noch jemand«, zischte sie.

Sie wusste, dass sie nicht die Einzige war, die an den demolierten Leseraum dachte – an die langen, dünnen Schnitte auf dem Papier. Ein weiteres Knarzen, diesmal näher.

»Wir müssen uns verstecken«, sagte Lily. »Sofort!«

»Warte«, sagte Sam. »Was ist, wenn es der Typ ist? Wir könnten ihn gemeinsam zur Rede stellen. Wenn wir ihn überraschen, erzählt er uns vielleicht was.«

Lily sah Sam mit großen Augen an. »Ich glaube, mir ist die verängstigte Sam lieber als die verrückte. Was, wenn er tatsächlich versucht hat, uns mit dem Leseraum Angst einzujagen? Was denkst du, wäre dann sein nächster Schritt?«

Ein weiteres Knarzen, noch näher.

»Sam, Lily hat recht«, sagte Jay. »Wir wissen nicht, wozu dieser Typ fähig ist. Wir wissen nur, dass das letzte Kind, das mit ihm zu tun hatte, spurlos verschwunden ist.«

»Das ist *grauenvoll*«, sagte Lily. »Was, wenn er sie erst getötet und dann dieses Museum eingerichtet hat, weil er immer noch besessen von ihr ist? Mörder machen so was.«

»Genau«, sagte Jay. »Sie bewahren Trophäen auf.«

»Hört ihr bitte auf? Ihr macht mir Angst!«

»Vielleicht *sollten* wir Angst haben.«

»*Du* wolltest doch mutig sein, ein großes Abenteuer erleben! Das Ganze hier war deine Idee!«

Knarz ... Diesmal kam es direkt von der oberen Treppe. Lily packte ihre Freunde an den Handgelenken und schob sie in eine Kiste. Sams Proteste ignorierend, kletterte sie dann selbst hinein. Als sie einen Schatten an der Tür sah, zog sie rasch einen Haufen Fischernetze über ihre Köpfe.

Sam würgte. »Hier drinnen riecht es schrecklich.«

Lily stieß ihr in die Rippen und presste einen Finger an die Lippen. Es roch wirklich schrecklich: feucht und fischig und nach Wer-weiß-was. Aber als sie an den hinterhältigen, hungrigen Blick in Snydes Augen dachte, als er sie nach Emily gefragt hatte, wusste sie, dass sie lieber hier drinnen war, als ihm draußen gegenüberzustehen.

Vorsichtige Schritte ertönten auf der Eisentreppe. Jemand kam zu ihnen herunter. Lily hatte den Mund voll mit Sams Haaren und kämpfte gegen einen Nieser an. Von der anderen Seite stieß ihr Jay ein Knie in die Rippen. Die drei hielten den Atem an, blieben absolut reglos und hofften, dass die Person einfach wieder gehen würde. Lily versuchte, durch die Netze zu erkennen, um wen es sich handelte und was die Person tat, aber es nützte nichts. Das dicke Seil ließ alles verschwommen erscheinen. Es tröstete sie, weil das vermutlich bedeutete, dass der Eindringling sie auch nicht sehen konnte.

Die Schritte kamen nun entsetzlich nah, die alten Holzdielen murmelten eine leise Warnung an die drei Versteckten.

Dann war es still. Lilys Brust fing vor lauter Luftanhalten zu brennen an, also atmete sie so langsam und leise wie möglich aus. Sie bewegte sich, um zu sehen, wo die Person hingegangen war. Von den Treppen war kein Laut mehr gekommen, also musste sie noch da sein, aber es war nichts zu hören.

In der engen Kiste tat ihr allmählich der Rücken weh, und Sams heißer Atem auf ihrem Gesicht ließ alles nur noch kleiner und wärmer erscheinen. Ihre Nase juckte, in ihrem Bauch kochte die Anspannung und der verdorbene, fischige Geruch schien schlimmer zu werden. Mit jeder Sekunde wuchs ihre Überzeugung, dass sie ihr Glück doch lieber mit Snyde versuchen sollten.

Die Stille wurde unerträglich – so unerträglich, dass Lily von dem verrückten Impuls gepackt wurde zu schreien, nur um die Stille zu durchbrechen und zu sehen, was passieren würde. Sam war neben ihr komplett erstarrt, während Jay kaum zu atmen schien.

Plötzlich wurden die Fischernetze weggerissen. Die drei schrien und zuckten vor dem Angreifer zurück. Dabei fielen sie aus der Kiste und landeten auf dem Museumsboden.

Ihre Schreie vermischten sich mit einem vierten Schrei, einem verdächtig weiblichen.

Für einen Sekundenbruchteil war Lilys Panik so groß, dass sie die dazugehörige Person nicht wahrnahm. Ihr Herz hämmerte wild und sie versuchte, die Kontrolle über ihren Körper zurückzugewinnen. Die beiden anderen schienen ähnliche Probleme zu haben. Jay schaffte es auf die Beine, während sein Blick wie verrückt umherschnellte.

Sam war immer noch halb zusammengekauert, die Hände hatte sie zu Fäusten geballt und ihr Blick war vor Verwirrung benebelt, als der Eindringling endlich in ihr Sichtfeld trat.

»Was macht ihr denn hier?«

NEUNZEHN

»Ms Bright?«, fragte Lily. »Sind Sie uns gefolgt?«

Ms Bright blinzelte sie erstaunt an. »Ob ich …? Nein, ich bin euch nicht gefolgt. Was macht ihr drei hier? Was ist das für ein Ort?«

Lily biss sich auf die Lippe und suchte nach einer Erklärung. »Wissen wir auch nicht so wirklich. Wie sind Sie hergekommen?«

»Ich … ich wurde eingeladen«, sagte Ms Bright.

Da horchte Lily auf. »Eingeladen? Heißt das, Sie wissen, wem dieses Museum gehört?«

Ms Bright schüttelte den Kopf und zog einen Zettel aus ihrer Tasche. Daran klebte ein zweiter Zettel, der neben Lily auf den Boden segelte. Sie drängten sich zusammen, um zu sehen, was Ms Bright ihnen entgegenhielt. Lily blinzelte verdutzt.

»Ein Ticket!«

Gewellt und gelb, aber definitiv ein Ticket.

Das Museum von Emily, die Große Eröffnung:
All deine Schätze, bis auf einen.

Es war auf einen Tag vor zwanzig Jahren datiert.

»Wer hat Ihnen das gegeben? Warum sollte jemand Sie hierher einladen?«, fragte Sam.

Ms Bright schüttelte den Kopf, und ihr Gesicht nahm einen seltsamen Ausdruck an. Lily trat ein wenig zurück, dabei rutschte sie auf dem Zettel aus, den Ms Bright fallen gelassen hatte. Sie hob ihn auf, und kalte Finger legten sich um ihr Herz. Es war das Foto von Snyde. Sie hielt es Ms Bright hin.

»Ms Bright, woher haben Sie dieses Foto?«

Die Bibliothekarin wurde ganz blass und senkte traurig den Blick. Instinktiv trat Lily noch einen Schritt zurück.

»*Sie* waren es. *Sie* haben unseren Leseraum zerstört.«

»Ich musste es tun«, sagte Ms Bright leise.

Wut durchströmte Lily und sie musste gegen den Drang ankämpfen wegzulaufen.

»Sie mussten? Sie haben uns eine Heidenangst eingejagt!«

Ms Bright sagte nichts.

»*Warum?* Warum haben Sie das getan? Das verstehe ich nicht.«

Ms Bright seufzte. »Ich weiß, dass ihr das nicht versteht. Ich verstehe es auch nicht.« Aufgewühlt raufte sie sich die Haare und hielt ihnen das Ticket hin. »*Ich* bin Emily.«

EMILY

ZWANZIG

Emily wurde mitten in der Nacht wachgerüttelt. Sie hatte etwas Schreckliches geträumt und schreckte nun, panisch nach Luft ringend, auf. Als ihre Augen sich an die Dunkelheit gewöhnt hatten, erkannte sie, dass Caitlyn neben ihr auf dem Bett saß.

»Caitlyn? Was ist los? Wie spät ist es?«

Sie streckte die Hand nach ihrer Nachttischlampe aus, doch Caitlyn packte sie am Handgelenk.

»Nicht! Lass sie aus.«

Die Panik in ihrer Stimme klang hoch und spitz – und traf Emily wie ein Dorn zwischen die Rippen. Plötzlich war sie hellwach. Zitternd setzte sie sich auf. Der Streit zwischen ihnen war vergessen, weggespült von dem, was Caitlyn so in Angst und Schrecken versetzt hatte.

Sie stand auf und fing an, Schubladen aufzuziehen. Sie holte Emilys Kleider heraus, ließ einige auf den Boden fallen, während sie andere auf das Bett warf.

»Das nehmen wir mit, das magst du. Und das hier. Wo ist der rote Pulli? Der ist warm. Du hast ihn nicht in die Waschmaschine gesteckt, oder?«

Dann ging sie zum Kleiderschrank über und durchwühlte auch den, wobei sie ab und zu innehielt, um zu horchen. Worauf, wusste Emily nicht. Eine Schublade zog Caitlyn so kraftvoll heraus, dass die untere Kante über ihren Unterarm fuhr und einen Kratzer auf der Haut hinterließ, der sofort anfing, rot zu glühen. Aber sie bemerkte es nicht einmal. Emily schob die Decke weg und lief zu ihrer Schwester.

»Caitlyn, stopp, hör auf! Was ist denn? Was ist passiert?«

Caitlyn setzte sich auf die Kante der Kommode und beugte sich so weit hinunter, dass sie mit Emily auf Augenhöhe war. Ihre Augen glänzten. Sie legte eine Hand an Emilys Gesicht und strich ihr mit der anderen übers Haar. Ihr Blick war schmerzerfüllt, und Emilys Herz machte einen Sprung.

»Es tut mir leid. Ich habe versucht, uns zu schützen, aber ich schaffe es nicht.«

Emily nahm eine von Caitlyns Händen in ihre. »Ich verstehe nicht. Uns schützen, wovor denn?«

Caitlyn kniff die Augen zu, und eine einzelne, dicke Träne lief an ihrer Wange hinunter.

Emilys Kehle schnürte sich zusammen. »Vor dem Mann. Dem Mann, über den du nicht sprechen wolltest.«

Caitlyn hielt die Augen zusammengekniffen, als sie wild den Kopf schüttelte. Doch Emily packte sie fest an den Schultern.

»Wer ist er? Was hat er getan?«

Caitlyn schniefte. Sie wischte sich die Träne weg und setzte sich langsam auf, so, als würde sie ihre Kräfte sammeln. Einige Sekunden später war sie zwar immer noch blass und erschüttert, aber zumindest ruhiger. Entschlossen. Auch Emily richtete sich auf, indem sie sich Mut von ihrer Schwester borgte.

»Er ist unser Cousin, irgendwie.«

»Unser *Cousin*?«

Emily war erstaunt. Sie war immer eifersüchtig auf große Familien gewesen. Soweit sie gewusst hatte, waren sie, Caitlyn und ihre Mutter die einzigen verbliebenen Mitglieder ihrer Familie.

»Nun ja, vielleicht eher so was wie Mums Cousin dritten Grades. Ich weiß nicht. Verwandt, aber vor mehreren Generationen.«

»Und warum ist er hier? Was will er?«

Caitlyn lachte, zuerst war es nur ein einzelner Laut, doch dann wurden es immer mehr, bis ihre Augen hervortraten und ihr ganzer Körper bebte. Emily bekam Angst. Sie wusste nicht, was sie tun sollte, wenn Caitlyn den Verstand verloren hatte.

»Caitlyn, hör auf. Sag mir, was er will.«

So plötzlich wie das Lachen angefangen hatte, hörte es auch auf. Caitlyn schüttelte wieder den Kopf, aber ihr Blick war nun klar und kühl.

»Er denkt, wir haben den Diamanten.«

Emily war verwirrt. »Welchen Diamanten?«

»Na, den Diamanten. Den Familiendiamanten.«

Da verstand Emily das Lachen. »Den gibt es doch gar nicht.«

»Ich weiß. Ich habe versucht, ihm das zu erklären. Glaub mir, ich hab's versucht.«

»Denkt er ernsthaft, wir würden in einer alten Fischerhütte in Edge wohnen, wenn wir einen Diamanten in der Größe einer Faust hätten?«

»*Ich weiß.* Ich weiß. Keine Ahnung, warum er ihn für echt hält. Aber er tut es, allen Ernstes. Ich glaube ...«

Caitlyn schluckte die Worte hinunter. Sie machte einen tiefen, beruhigenden Atemzug und versuchte es erneut. »Ich glaube, er hat Mum getötet.«

Emily geriet ins Taumeln. Tränen traten ihr in die Augen und schwappten über, ihr wurde immer schwindliger. Zorn stieg in ihrer Kehle auf und breitete sich auf ihrer Zunge aus.

»Er hat unsere Mum wegen einer Gutenachtgeschichte getötet?«

»Ich weiß, es ist lächerlich.« Wieder lachte Caitlyn und zog an ihren eigenen Haaren. »Ich kann es auch nicht fassen.«

Als Emily sprach, klang ihre Stimme schwach: »Wird er uns töten?«

Caitlyn knabberte an ihrem Daumen und zerbiss die zarte Haut am Nagelbett. Dann schüttelte sie den Kopf. »Ich denke nicht. Aber er hat gesagt, wenn wir ihm den Diamanten nicht geben, nimmt er dich mir weg.«

Emily griff nach Caitlyns Hand. Sie merkte, dass sie die Nägel zu stark in ihre Haut grub, aber sie konnte nicht anders. »Du meinst, er will mich entführen?«

»Nein, nicht entführen. Viel einfacher. Wenn wir ihm nicht sagen, wo der Diamant ist, will er zur Polizei gehen und ihnen sagen, dass ich mich nicht richtig um dich kümmern kann.«

»Das ist verrückt. Niemand könnte sich besser um mich kümmern als du. Sie würden ihm nicht glauben.«

Caitlyn sah angespannt aus. »Leider schon. Du hast es doch selbst gesagt. Ich bin nur ein Kind, das sich um ein Kind kümmert.«

Emily wurde schlecht.

»Er beobachtet uns seit Mums Verschwinden. Ich weiß, dass er sich auf diesen Schachzug vorbereitet. Wir müssen verschwinden, du und ich. Heute Nacht noch.«

Emily schluckte schwer. »Wo sollen wir denn hin?«

»Keine Sorge. Ich kümmere mich um dich, aber wir müssen jetzt packen. Nur eine Tasche. Nimm nur mit, was du unbedingt brauchst.«

Caitlyn drückte Emily einen dicken Kuss aufs Haar und strich ihr über die Wange. Dann ließ sie sie allein in ihrem Zimmer zurück. Ohne groß nachzudenken, griff Emily nach ihren Sachen und legte sie auf das Bett: ihre liebsten Dinge, ihre ganz persönlichen Schätze. Schnell wurde ihr klar, dass sie sie nicht alle mitnehmen konnte. Erneut traten ihr Tränen in die Augen und ihr wurde ganz heiß. Das alles war so ungerecht!

Sie zog ihren Rucksack unter dem Bett hervor und fing an, mit Verstand zu packen: warme Kleider, ein paar Bücher. Sie holte Fotos aus den Rahmen und steckte sie zwischen die Bücherseiten. Das Rezept für den Apfelkuchen ihrer Mum lag seit ihrem Geburtstag auf dem Tisch. Sie steckte es in ihre Hosentasche, bevor sie es wieder herauszog. Das kannte sie mittlerweile auswendig.

Ihre Schätze packte sie in Schachteln, das Rezept obendrauf. Es war Plunder, es waren Gegenstände, die sie am Stand gefunden hatte, kleine Erinnerungen daran, wer sie war, wer sie gewesen war und wer sie zu sein hoffte.

Sie stemmte die Bodendielen auf. Darunter war viel Platz, genug, dass sie manchmal hineinkletterte und sich hinlegte, wenn sie sich überfordert fühlte. Plötzlich überkam sie der Drang, genau das zu tun. Sie wollte Caitlyn herholen, damit sie sich zusammen in der Dunkelheit versteckten. Stattdessen legte sie ihre Schachteln hinein und platzierte die Dielen wieder darüber.

Zuletzt nahm sie ihr Lieblingsbuch, in dem ihr Bibliotheksausweis als Lesezeichen steckte. Sie öffnete ihren Rucksack, hielt dann jedoch inne. Sie öffnete noch einmal die Bodendielen und legte auch das Buch in die obere Schachtel. Als eine Art Versprechen an sich selbst. Dann berührte sie den Boden mit der flachen Hand.

»Ich werde zurückkommen. Eines Tages werde ich zurückkommen. Wenn es wieder sicher ist.«

LILY

EINUNDZWANZIG

Mit einer Tasse Tee in der Hand saß Lily neben Sam und Jay in Ms Brights Küche und beobachtete, wie der Ahornbaum seine Blätter fallen ließ wie kleine gelbe Sterne.

Als Ms Bright – also Emily McCrae – ihre Geschichte beendete, neigte sie den Kopf nach hinten, um zu versuchen, die Tränen zurückzuhalten, die sich in ihren Augen gesammelt hatten.

In Lilys Kopf überschlugen sich Millionen von Fragen, stapelten sich und stolperten übereinander, bevor sie allesamt stecken blieben. Ein Blick zu ihren Freunden verriet ihr, dass es ihnen genauso ging. Das Schweigen dehnte sich aus und füllte sich mit all den Dingen, die niemand auszusprechen wusste. Eine Zeit lang war das Ticken der Uhr das einzige Geräusch.

Lily hob ihren kalten Tee an die Lippen, nippte daran und verzog dann das Gesicht.

»Es tut mir so leid, Ms Bright.«

Es klang so unbedeutend, war aber alles, was gesagt werden konnte. Ms Bright blinzelte die Tränen weg und strich ihre Bluse glatt.

»Es ist schon lange her.«

»Was ist mit Caitlyn passiert?«, fragte Lily.

»Ihr geht's gut. Wir haben zwar alles verloren, aber wenigstens einander sind wir erhalten geblieben. Eine Zeit lang hießen wir sogar noch Caitlyn und Emily McCrae. Aber dann ist dieser Mann überall aufgetaucht. Hat Fragen gestellt. Da war es nicht länger sicher, ›wir‹ zu bleiben. Wir mussten jemand anders werden.«

»Sie sind Ms Bright geworden.«

Ms Bright lächelte. »Das war Caitlyns Idee: Bright, das englische Wort für leuchtend. Wisst ihr, unserer Familie hat einmal der alte Leuchtturm gehört. Also haben wir einen Namen ausgesucht, der es uns erlaubt hat, etwas von unserer alten Identität mitzunehmen und im Herzen zu tragen. Sie hatte aber zu viel Angst, mit mir hierher zurückzukommen, selbst nach zwanzig Jahren. Wie es scheint, hatte sie damit recht.«

»Warum sind Sie zurückgekommen?«, fragte Sam.

Einen Moment lang schwieg Ms Bright, doch dann sagte sie einfach: »Edge ist mein Zuhause.«

Lily tippte auf das Ticket auf dem Tisch. »Und was hat das Museum mit all dem zu tun?«

Ms Bright schüttelte den Kopf. »Ich habe nicht die geringste Ahnung. Bis heute habe ich nichts von dem Museum gewusst.«

»Hat Ihnen jemand das Ticket zugeschickt?«

»Nein. Ich habe es unter den Bodendielen meines alten Zimmers gefunden. Ich bin nie dorthin zurückgegangen, wisst ihr. Ich dachte, es wäre zu riskant. Aber nach der Sache mit dem Leseraum …« Ihr Kopf zuckte leicht, doch sie sprach eilig weiter. »Nach der Sache habe ich realisiert, dass ihr die Dinge gesehen habt, die ich versteckt hatte. Zuerst dachte ich, ich wäre einfach paranoid, aber in euren Notizen standen Informationen, die ihr unmöglich wissen konntet. Also bin ich zurück, um nachzusehen.«

»Und?«

»Und sie waren alle weg. Es lag nur noch dieses Ticket darin. Es war so verstaubt, dass ich es fast übersehen hätte.«

»Also sind die Ausstellungsstücke in dem Museum …«

»… Gegenstände, die ich versteckt habe, bevor wir geflohen sind. Abgesehen von dem hier.«

Ms Bright legte etwas auf den Tisch. Die Notiz, auf der »X markiert die Stelle« stand.

»Das Geheimnis!«, rief Lily aus.

»Es *ist* eine Schatzsuche«, sagte Jay. »Genau wie Ihr Ticket besagt! ›All deine Schätze, bis auf einen‹. Jemand veranstaltet eine Schatzsuche für Sie.«

»Und was soll ich suchen?«, fragte Ms Bright.

Lily sah sie blinzelnd an. »Den Diamanten!«

Ms Bright schüttelte den Kopf. »Es gibt keinen Diamanten. Es hat nie einen gegeben. Das ist nur eine alte Geschichte.«

»Warum sind Sie da so sicher?«, fragte Lily.

Ms Bright bedachte sie mit diesem entsetzlich nervigen Blick, mit dem Erwachsene Kinder ansahen, bevor sie sagten: *Du bist zu jung, um das zu verstehen.* Aber noch bevor sie etwas sagen konnte, platzte Sam dazwischen.

»So abwegig ist das gar nicht.«

»Gute Wortwahl«, sagte Jay.

»Danke. Wir wissen, dass es hier Piraten gegeben hat. Wir kennen die Höhlen, Tunnel und alten Lagerhäuser, Ms Bright. Das sind keine Geschichten, das ist Geschichte.«

»Wenn man das Unmögliche ausgeschlossen hat, muss das, was übrig bleibt, so unwahrscheinlich es auch klingen mag, die Wahrheit sein. Das hat Sherlock Holmes gesagt«, merkte Jay an.

»Ich hätte euch diese ganzen Bücher nicht geben sollen. Sie haben sich zu tief in euren Verstand gegraben.«

»Und das ist genau der Grund, warum es gut ist, dass Sie uns die ganzen Bücher gegeben haben, das wissen Sie selbst. Wenn wir nicht auf der Suche nach einem Geheimnis gewesen wären, hätte Lily Ihr Museum nie gefunden.

»Wie genau hast du es eigentlich gefunden, Lily?«

»Bin mir nicht sicher. Irgendwie einfach ... so.«

Sam sah triumphierend aus. »Sehen Sie? Klingt das für Sie nicht nach Magie? Lily findet das Museum und erzählt mir davon. Ich bringe sie zu Ihnen. Wir geben auf und das Museum bringt Sie trotzdem zu uns.«

»In einer Kleinstadt wie dieser ist das nicht so unwahrscheinlich, wie du denken magst. Nur weil du etwas glauben möchtest, ist es nicht automatisch wahr.«

»Und nur weil Sie es *nicht* glauben möchten, ist es nicht automatisch *nicht* wahr. Es ist echt, Ms Bright. Wir sind den Hinweisen gefolgt ...«

»Stopp. Es klingt mehr nach einer Falle als nach einer Schatzsuche. Ich möchte nicht, dass ihr drei darin verwickelt werdet.«

»Wollen Sie mir ernsthaft erzählen, dass es da ein komplettes, geheimes Museum gibt, das Ihnen gewidmet ist, und Sie sind *kein bisschen* neugierig, warum?«

»Natürlich bin ich neugierig. Aber das hier ist keine Abenteuergeschichte. *Er* ist hier. Es könnte jemand verletzt werden. Es *wurde* schon jemand verletzt. Ich möchte, dass ihr mir versprecht, dass ihr nicht mehr weiter rumschnüffelt.«

»Aber Ms Bright ...«

»Nein! *Ich* werde mich darum kümmern. Versprecht mir, dass ihr euch nicht in Gefahr begebt.«

Lily seufzte schwer. »Wir versprechen es.«

Sie fühlte sich ein wenig schuldig, als sie log, aber manchmal waren Erwachsene einfach zu erwachsen, um die Wahrheit zu verstehen.

Die drei kehrten zur Bank zurück. Diesmal hatten sie auf Sams Drängen hin eine Tüte Pommes dabei. Eine Weile saßen sie schweigend da und verarbeiteten alles, was Ms Bright ihnen erzählt hatte.

Lily konnte kaum glauben, dass Ms Bright ernsthaft dachte, dass ihr entfernter Cousin ihre Mutter grundlos umgebracht hatte, aber die Möglichkeit ausschloss, dass ein

Pirat ihrem Ururgroßvater einen Diamanten gegeben haben könnte. Manchmal waren Erwachsene einfach unfassbar!

»Wir geben nicht auf, oder?«, fragte Jay.

»Auf *keinen* Fall«, sagten Sam und Lily gleichzeitig. Dann grinsten sie einander an.

»Also, was jetzt? Die Bibliothek können wir nicht mehr benutzen, da sie jetzt weiß, woran wir arbeiten.«

Lily schüttelte ungläubig den Kopf. »Ist es nicht seltsam, dass Emily die ganze Zeit direkt vor unserer Nase war? Kein Wunder, dass dieser Snyde dachte, wir hätten sie gefunden.«

»Das erklärt auch, warum er immer vor der Bibliothek herumlungert. Er wartet nur auf den richtigen Moment, etwas Schreckliches zu tun.«

»Warum hat er noch nichts gemacht? Er ist schon seit Wochen hier.«

»Es ist eine kleine Stadt. Ein lauter Schrei, und er wäre erledigt. Die McCraes haben am Rand der Stadt gelebt, aber Ms Bright wohnt mittendrin.«

»Und wir wissen, dass er geduldig ist. Er hat zwanzig Jahre gewartet. Da kann er es sich leisten, auf die perfekte Gelegenheit zu warten.«

Dadurch fühlte Lily sich kein Stück besser. Sie zappelte unruhig herum. »Es fühlt sich an, als hätten wir in ihrem Kopf rumgestochert.«

»Ich weiß, was du meinst«, sagte Sam. »Es ist seltsam, darüber nachzudenken, dass eine Erwachsene den Lippenstift ihrer Schwester gestohlen, im Unterricht Zettelchen geschrieben oder einen Stift behalten hat, nur weil ein Junge ihn ihr geliehen hat. Wie wir es eben auch tun würden. Auch wenn ich natürlich gewusst habe, dass Emily vor vielen, vielen Jahren hier gelebt hat, habe ich mir trotzdem ein Mädchen wie mich vorgestellt.«

»Ms Bright *ist* ein Mädchen wie du.«

»Ist sie nicht! Wenn ich mit einer Familienlegende über einen Diamanten aufgewachsen wäre, dann hätte ich definitiv nach ihm gesucht.«

Lily blickte auf. »Vielleicht hat sie das ja.«

»Sie hat doch gesagt, dass sie nicht dran glaubt.«

»Genau. Aber das heißt nicht, dass sie es nie getan hat. Es wäre doch Wahnsinn, wenn man mit so einer Legende aufwächst und nicht einmal danach sucht! Ich hätte das getan.«

»Ich auch«, sagte Jay.

»Also hat sie es vielleicht auch. Und vielleicht ist sie der Sache näher gekommen, als ihr bewusst war.«

»Genau. Oder ihre Mum. Oder ihre Schwester.«

»Und deswegen war Snyde hinter ihnen her.«

»Und was machen wir jetzt? Ms Bright hat recht, Snyde ist gefährlich. Vielleicht brauchen wir Hilfe«, sagte Lily.

»Welche Art von Hilfe?«

»Ich weiß nicht. Vielleicht sollten wir zur Polizei gehen. Wenn wir den Polizisten erzählen, dass eine gefährliche Person in der Stadt ist, müssen sie uns helfen.«

»Niemals«, sagte Sam. »Nicht mal Ms Bright glaubt uns. Da wird die Polizei uns erst recht nicht glauben.«

»Was machen wir dann?«, fragte Jay.

Lily pustete sich eine Locke aus dem Gesicht. »Ich habe nicht die geringste Ahnung.«

ZWEIUNDZWANZIG

Aus Gründen, die Lily vollkommen unverständlich waren, gab es in Edge jedes Jahr am ersten Dezember eine Strandparty. Während der Frost den Himmel splittern ließ und die Luft so kalt war, dass Lily ihren Atem sehen konnte, gingen die Leute aus Edge ernsthaft zum Strand.

Dort waren überall Lagerfeuer aufgebaut, deren Flammen wild tanzten und die Nachtluft mit dem strengen Duft von brennendem Holz erfüllten. In zehn Schichten gekleidet und mit dampfendem, gewürztem Rum in den Händen, drängten sich die Menschen darum herum. Jemand hatte einen Hot-Dog-Stand aufgebaut und jemand anderes verkaufte Eis.

Lily schrieb ihren Namen mit einer Wunderkerze in die Luft. Sie trug so viele Pullover unter ihrem Mantel, dass sie kaum noch die Arme beugen konnte. Außerdem hatte sie eine Mütze mit einer riesigen Bommel an, die fröhlich über ihrem Gesicht herumhüpfte und manchmal genau vor ihren Augen landete, sodass sie nichts mehr sah. Jay stand, in einen gigantischen Schal gewickelt, neben ihr. Unter der Wolle war sein Gesicht kaum zu sehen.

Von der Kälte und dem Lachen wurde Lily ganz schwindlig, aber nicht so schwindlig wie ihrer Mum, die an einem silbernen Flachmann nippte, den Jays Mum mitgebracht hatte. Sie lachte hysterisch und lehnte sich dabei an Jays Mum an.

Sam hatte von irgendwo einen Karamellapfel hergezaubert und benutzte ihn als Dirigentenstab, um die Erwachsenen durch eine laute Version eines Weihnachtslieds zu führen, während sie Fotos von allen möglichen Dingen machte.

Die Kälte knabberte an Lilys Nase und kniff so kräftig in ihre Wangen, dass sie knallrot waren. Sie kaufte sich eine heiße Schokolade an der Promenade und hielt sie fest umklammert, damit die Wärme durch ihre Handschuhe an ihre steif gefrorenen Finger gelangte.

»Meine Mum ist betrunken!«, sagte Jay, wobei seine Stimme irgendwo in dem Meer aus Strick unterging. »Sie sagt, deine Mum sei ein schlechter Einfluss.«

»Hey, meine Mum ist nicht diejenige, die einen Flachmann mitgebracht hat.«

»Sie haben eine Menge Spaß. Vielleicht sollten wir sie auf ihre Zimmer schicken.«

»Absolut.«

Jay hob seinen Pappbecher an. »Prost!«

Sie stießen an. Dann hörten sie das Klicken von Sams Kamera und drehten sich um. Sam hatte zwei riesige Wolldecken um ihre Schultern geschlungen. Sie waren fast so lang wie sie selbst.

»Komm her, Lily. Ich will dir was zeigen«, sagte sie.

Sie spazierten über den Strand, bis der Lärm der ausgelassenen Erwachsenen und das Licht der Lagerfeuer hinter ihnen schwächer wurden. Sam breitete eine Decke auf dem Boden aus. Dann gestikulierte sie in Richtung ihrer Freunde.

»Legt euch hin.«

»Hast du den Verstand verloren?«, fragte Lily.

Sam verdrehte die Augen. »Ich erinnere mich noch daran, dass du mal weniger gesprochen hast. Würdest du dich jetzt einfach hinlegen?«

Und das tat Lily dann. Sam und Jay legten sich links und rechts von ihr auf den Boden. Lily keuchte bewundernd auf, denn fernab vom Licht des Feuers und der Promenade waren am Himmel nun mehr Sterne als Schwarz zu sehen. Sam deckte sie zu, aber Lily hatte die Kälte bereits vergessen. Als ihre Augen sich an die Dunkelheit gewöhnt hatten, nahm sie immer mehr Sterne wahr, die den tintenschwarzen Himmel bevölkerten.

»Das da ist der Gürtel des Orion, siehst du?«

Sam zeigte auf drei diagonale Sterne links von ihnen. Den Gürtel des Orion hatte Lily schon mal gesehen: Er war eine der wenigen Konstellationen, die so hell waren, dass man sie auch in der Großstadt sehen konnte. Doch mit all den anderen Sternen drum herum, erschien er ihr ganz neu.

»Und der Große Wagen.«

Das weiße Band der Milchstraße erstreckte sich über ihren Köpfen, und Lily verstand endlich, was es bedeutete, wenn etwas wirklich atemberaubend war. Ihr wurde ganz schwindlig. Auf einer Seite verschränkte sie ihre Finger mit Sams und auf der anderen mit Jays. Sie lagen dicht aneinandergedrückt, um sich gegen die Kälte zu wappnen.

»Ich werde mich mein ganzes Leben lang an diesen Moment erinnern. Für immer.«

Niemand erwiderte etwas. Das war auch nicht nötig. Eine Sternschnuppe schoss vorbei, und etwas in Lily machte einen Hüpfer. Sie wünschte sich etwas und wurde vor lauter Klischee ganz rot. Zum Glück war es zu dunkel, als dass die anderen es hätten sehen können. Ob die beiden sich dasselbe wünschten? Für immer.

Ein Schrei riss Lily aus ihrer Träumerei. Sie schnellte hoch und sah sich hektisch um.

»Was war das?«

Er drangen weitere Schreie über den Strand zu ihnen. Jay und Sam brachen in Lachen aus.

»Oh nein.«

»Was ist denn? Was ist los?«

»Der totale Wahnsinn. Komm mit, dann siehst du's.«

Sie wanderten über den Strand zurück. Als sie wieder bei der Menschenmenge ankamen, blieb Lily erneut der Mund offen stehen. Die Leute zogen ihre Schichten aus und sprangen lachend ins eiskalte Wasser.

»Was zum ...«

Sam hielt sich die Seiten vor Lachen. »Es ist das Dezemberbad. Ich weiß nicht mal, wie ich das erklären soll. Vielleicht hattest du recht, was Edge anging. Alle hier sind völlig bekloppt.«

»Warum sollte man in eiskaltes Wasser springen wollen?«

Jay zuckte mit den Schultern. »Tradition?«

»Tradition ist immer ein schlechter Grund. Elefanten im Zirkus waren eine Tradition. Genau wie Frauen ohne Wahlrecht.«

»Da hast du vermutlich recht. Sollen wir auch reinspringen?«

»Auf gar keinen Fall!«

Sam stupste sie mit dem Ellenbogen an. »Ach, komm schon. Wir stecken nur die Zehen rein. Dann wirst du eine richtige Edgerin.«

»Erstens: Das ist kein Wort. Zweitens: Ich bin definitiv keine Edgerin.«

Sie wandte sich hilfesuchend an Jay, aber der saß schon auf dem Boden und zog sich die Schuhe aus. Lily folgte ihren Freunden zum Rand des Wassers, behielt die Schuhe aber stur an. Sam kreischte, als das Wasser über ihre Zehen schwappte. Sie sprang von einem Fuß auf den anderen, und ihr Kreischen verwandelte sich in hysterisches Lachen. Sie warf den Kopf zurück und heulte spöttisch den Mond an.

»Diese Stadt ist so seltsam«, murmelte Lily kopfschüttelnd, bevor sie anfing, sich die Stiefel auszuziehen.

Als die erste Welle ihre Füße traf, sorgte Lily sich ernsthaft darum, dass sie einen Herzinfarkt kriegen könnte. Eiskalte Nadeln schoben sich in jeden Zentimeter ihrer entblößten Haut und erfüllten sie mit einem stechenden Schmerz. Ihr stockte der Atem, bevor sie ihn nutzlos ausröchelte. Ihr tat die Brust weh. Wütend drehte sie sich zu ihren Freunden, doch dann traf das Adrenalin ihr Herz wie ein Schlag. Ihre Haut sang und ihr Verstand fokussierte sich, sodass die Farben um sie herum so grell leuchteten, dass sie sich von den Lagerfeuern abwenden musste.

Sie schrie, der Schmerz und das Lachen entfuhren ihr gleichzeitig, als sie im Wasser auf und ab sprang und die eisige Kälte an ihren Knöcheln genoss. Sie musterte die Leute, die vollkommen untergetaucht waren und im Wasser plantschten. Niemals. Das ging dann doch zu weit. Sie ließ die Zehen unter der Wasseroberfläche wackeln, spürte die Muscheln und den Sand darunter knacken. Kleine Wellen plätscherten um sie herum und ließen das Mondlicht verschwimmen, sie teilten es in dünne Splitter und sandten es über das Wasser hinweg.

Sam stupste sie sanft an. »Komm, wir sollten besser rausgehen. Man sollte nicht länger als ein paar Minuten drinbleiben. Die halbe Stadt wird morgen mit einer Erkältung im Bett liegen.«

Widerwillig folgte Lily ihr aus dem Wasser und zu den Lagerfeuern. Sams Dad hatte etwa fünfzehn Extrapaare Wollsocken mitgebracht, die er alle selbst gestrickt hatte. Lily nahm dankbar welche entgegen und zog sie über ihre gefrorenen Zehen.

Entgegen Sams Warnungen streckte Lily ihre Füße dem Lagerfeuer entgegen. Wenige Sekunden später hatte sie einen unerträglichen Kribbelanfall, als das Blut wieder in ihre Zehen rauschte. Sie heulte auf. Sam zuckte nur selbstgefällig die Schultern. Lily wackelte mit den Zehen und ihre Gelenke knackten. Dann zog sie die Füße näher zu sich heran und rieb an ihnen – so kräftig, dass es sich anfühlte, als würde sie die Haut abrubbeln. Langsam ließ das Kribbeln nach. Mehr Schreie kamen vom Wasser her und Lily wandte sich ihnen zu. »Ihr seid doch nicht normal. Warum macht man etwas, das so sehr wehtut?«

Sam lachte. »Da ist wohl jemand zu schnell ins Wasser gegangen.«

»Oder ist rausgekommen und hat gemerkt, dass es Dezember ist.«

»Oder hat trotz Warnungen die Füße ans Lagerfeuer gehalten.« Sams Grinsen verschwand, als die Schreie lauter wurden und zunahmen. »Warte mal. Irgendwas stimmt da nicht.«

Sie liefen auf den Lärm zu, und Lily verzog jedes Mal das Gesicht, wenn ihre Füße den Sand berührten. Eine Gruppe Erwachsener stand zitternd am Strand, ihre Gesichter waren blass und die Hände hatten sie über den Mund geschlagen. Sie hatten sich um etwas versammelt, das klitschnass auf dem Sand lag. Um jemanden! Über das Gesicht der Person lief ein glänzendes Rinnsal aus Blut, ihre Lippen waren blau und reglos.

Als Lily das Gesicht der Person erkannte, keuchte sie entsetzt auf.

»Das ist Ms Bright!«

DREIUNDZWANZIG

Sie durften Ms Bright nicht besuchen. Sie war zwar schnell ins Krankenhaus gebracht worden, aber noch immer nicht richtig bei Bewusstsein. Besucher waren da nicht erwünscht. Durch einen Schlag auf den Kopf hatte sie eine Gehirnerschütterung erlitten, aber das kalte Wasser war noch gefährlicher gewesen: Es hatte sie beinahe umgebracht. Wenn sie nicht jemand gesehen und ohne zu zögern sofort herausgezogen hätte, wäre sie innerhalb weniger Minuten tot gewesen.

Das Ganze wurde als Unfall abgestempelt: auf Steinen ausgerutscht, der unglückliche Sturz einer Schwimmerin mit zu viel Enthusiasmus. Aber Lily hatte das Gefühl, dass sich ein Schatten über die Stadt gelegt hatte, der ihr und ihren Freunden immer näher kam.

Die drei sahen im Museum nach dem Rechten, da sie befürchteten, dass dort etwas passiert war. Lily zitterte auf dem Weg durch die mittlerweile vertraute Straße, weil sie an Ms Brights erstarrtes Gesicht dachte, an ihre glasigen Augen. Lily hatte gedacht, sie wäre tot. Das hatten sie alle.

»Denkt ihr, es war Snyde?«, fragte Sam. »Denkt ihr, er wollte sie töten?«

Lily zog an ihren Haaren. »Ich weiß nicht. Was hätte er davon?«

»Vielleicht hat er sie bedroht und ist dabei zu weit gegangen?«

»Vielleicht. Es war die perfekte Gelegenheit. Niemand hätte irgendwas gemerkt, nicht in der ganzen Aufregung. Wie lange hat die Person schon geschrien, bevor irgendwem aufgefallen ist, dass etwas nicht gestimmt hat?« Lily hielt sich die Fäuste vor die Augen, als sie die Tür zum Museum aufstemmte und anschließend die Wendeltreppe hinaufging. »Mir gefällt das alles nicht.«

»Mir auch nicht«, sagte Sam.

Sie lief gegen Lilys Rücken, weil die im Eingang zum ersten Raum abrupt stehen geblieben war. Sie sahen sich um.

»Oh.«

Die Ausstellungsstücke erstrahlten in glänzenden Glasvitrinen. Das gelbe Licht der Glühbirnen wurde von dem polierten Holzboden reflektiert. Der ganze Dreck war fort.

»Ms Bright«, sagte Lily.

»Sie muss es gewesen sein«, sagte Jay. »Vielleicht hat sie es nicht ertragen, ihre Schätze so zu sehen.«

Die Gegenstände unter dem Glas schienen fast zu leuchten ohne die Staubschicht, an die Lily sich gewöhnt hatte. Sie sahen richtig farbenfroh aus, und das Museum war schöner als je zuvor. Sam griff nach Lilys Hand.

»Sieh mal.« Sie zeigte auf etwas. »Das Rezept für den Apfelkuchen ist weg.«

Sie gingen auf die leere Vitrine zu. Da, wo der Rahmen gewesen war, hatte jemand drei Wörter in das Holz geritzt. Eine kleine Rebellion in dem sonst makellosen Raum. *Emily war hier.* Für eine ganze Weile standen sie nur da und starrten sie an.

»Sie wollte weglaufen«, sagte Sam. »Und sie hat das Rezept ihrer Mutter mitgenommen. Sie hatte nicht vor zurückzukommen.«

Lily wurde ganz heiß. »Das ist nicht fair. So würde sie nur wieder alles verlieren. Wir müssen ihr helfen.«

»Vielleicht hattest du recht«, sagte Sam. »Vielleicht sollten wir zur Polizei gehen.«

»Wir haben keine andere Wahl. Ms Bright hätte sterben können. Ich glaube nicht, dass das hier noch ein Job für einen Haufen Zwölfjähriger ist.«

***

Die Polizeiwache war ein hässlicher Betonklotz im Zentrum der Stadt. Er sah aus, als wäre er absichtlich entworfen worden, um scheußlich auszusehen. Lily war ganz nervös, als sie durch die Tür traten. Es fühlte sich an, als würden sie etwas Falsches tun, nur indem sie hier waren. Der Mann, der sie empfing, kam ihr bekannt vor, aber Lily konnte ihn erst einordnen, als er seinen Namen sagte.

»Sergeant Bruce«, sagte er und legte die Betonung auf das erste Wort, als würde er hervorheben wollen, dass man ihn mit dem angemessenen Respekt zu behandeln hatte.

Lily dachte an den erhöhten Stuhl der Schulleiterin und musste sich auf die Lippen beißen, um nicht zu lachen. Sie spürte Sam neben sich, aber kämpfte gegen den Drang an, sie anzusehen. Sie behielt den Blick fest auf den Polizeibeamten gerichtet, ließ ihre Brust gefrieren und atmete tief durch.

Er führte die drei durch grell beleuchtete Flure in einen trostlosen kleinen Raum. Er wirkte dunkel, was er eigentlich gar nicht war, fast so, als hätte jemand ihn absichtlich so eingerichtet, dass er schmuddelig aussah. Ein paar Stühle standen traurig um einen Tisch herum, und sie nahmen Platz.

Der Polizist setzte sich ihnen gegenüber, dann kratzte er sich die Nase mit einem Stift.

»Ihr seid also wegen Ms Brights Unfall hier.«

»Richtig, Sir«, sagte Lily. Sie setzte ihre ernsteste und vertrauenswürdigste Miene auf. »Wir glauben nicht, dass es ein Unfall war.«

Sergeant Bruce murrte, wobei er weiterhin an seiner Nase herumkratzte. Sam hatte einen ähnlich engelhaften Ausdruck im Gesicht wie Lily. Bei ihr wirkte das irgendwie falsch.

»Wir denken, dass jemand Ms Bright absichtlich wehgetan hat, weil er glaubt, dass sie einen Diamanten besitzt, der einmal einem Piraten gehört hat. Und er will ihn stehlen, Sir.«

Sie legte so viel Ernst und Respekt in ihre Worte, wie sie aufbringen konnte, und hoffte, der Polizeibeamte würde ihnen den gleichen Gefallen tun.

Doch sein breiter, feuchter Mund verzog sich missbilligend. »Ich finde es nicht sehr nett von euch, dass ihr herkommt und euch über die arme Ms Bright lustig macht. Ihr Unfall war sehr schwerwiegend. Sie hatte großes Glück, dass sie nicht gestorben ist.«

»Wir wissen, wie ernst es ist«, sagte Lily und versuchte, dabei nicht ihre Stimme zu erheben. »Deshalb sind wir ja hergekommen.«

Sergeant Bruce bedachte sie mit einem ernsten Blick. »Ms Bright – die Bibliothekarin – hat also einen Diamanten.«

»Nun, *wir* glauben das nicht. Aber er schon.«

»Okay. Und wer ist *er*?«

»Er ist ein Verwandter von ihr. Sein Name ist Horace Snyde.«

»Lasst mich das einmal zusammenfassen: Ihr glaubt, dass ein Verwandter von Ms Bright, den ihr nicht wirklich kennt, vielleicht versucht hat, sie umzubringen, weil er denkt, dass sie einen Diamanten von einem Piraten bekommen hat. Aber ihr denkt nicht, dass sie den tatsächlich hat.«

»Genau«, sagte Lily. »So in etwa. Möchten Sie das nicht aufschreiben?«

»Nein, Millie, möchte ich nicht.«

»Ich heiße Lily.«

»Wisst ihr, dass ihr eine Menge Ärger bekommen könnt, wenn ihr die Zeit der Polizei verschwendet?«

»Aber wir …«

»Wisst ihr, dass wir sehr viele überaus wichtige Aufgaben erfüllen müssen, um die Sicherheit der Stadt zu gewährleisten. Und dass ihr uns davon abhaltet?«

»Ja, aber …«

»Nun, ich würde nur sehr ungern eure Eltern informieren. Also schlage ich vor, ihr nehmt eure kleine Geschichte und verlasst die Wache, damit wir uns wieder richtigen Verbrechen widmen können.«

Er verzog das Gesicht, als sie alle gleichzeitig zu protestieren anfingen und mit fuchtelnden Armen durcheinandersprachen. Als sie sich wieder beruhigt hatten, führte er sie aus der Polizeiwache.

Mit offen stehendem Mund starrte Sam noch die Tür an, aus der er sie geschoben hatte.

»Könnt ihr das fassen?«

»Ja, oder? Und Sergeant Bruce ...«

»Sie sind definitiv verwandt.«

»Ihr Bruder vielleicht. Es würde doch sicher niemand einen von ihnen heiraten.«

»Wir hätten Jay allein reinschicken sollen. Erwachsene mögen ihn immer lieber als mich.«

»Warum wohl?« Lily zog Sam ein Blatt aus den langen Haaren.

»Egal, chaotisch zu sein gehört zu meinem Charme! Ist nicht meine Schuld, dass die Erwachsenen das nicht erkennen.«

»Ich weiß. Also, die Polizei will uns nicht helfen.«

»Und Ms Bright kann uns nicht helfen.«

»Oh Mann. Ich hatte wirklich gehofft, das hier wäre kein Job für einen Haufen Zwölfjähriger.«

VIERUNDZWANZIG

Snyde schien verschwunden zu sein.

Lily vermutete, dass er nach dem Angriff auf Ms Bright untergetaucht war und nun darauf wartete, dass sie aus dem Krankenhaus entlassen wurde. Sie hoffte, dass Ms Bright zur Polizei gehen würde, wenn sie aufwachte. Aber sie war so verängstigt gewesen, dass Lily davon ausging, sie würde vermutlich einfach weglaufen. Also hatten Lily, Sam und Jay beschlossen, Snydes Versteck selbst aufzuspüren.

Lily war ganz in Schwarz gekleidet, obwohl helllichter Tag war. Sie war sich nicht sicher, wie man sich tagsüber am besten tarnte, und hoffte einfach, dass das Schwarz sie ein bisschen unauffälliger machte. Jay hatte offensichtlich denselben Gedanken gehabt, denn er war ebenfalls von Kopf bis Fuß in Schwarz gekleidet. Sam trug stattdessen ihren gewohnten karierten Mantel und ein riesiges rotes Stirnband.

Sie gingen an der Bank mit ihrer dämlichen, nichtssagenden Widmung vorbei. Lily funkelte sie wütend an. Nur eine langweilige Bank, umgeben von anderen langweiligen Bänken mit mehr langweiligen Widmungen. Sie beugte sich vor, um die nächste zu lesen.

Das Meer uns zu entzweien scheint

Lily verdrehte die Augen. Wer auch immer das geschrieben hatte, war wohl ein wenig rührselig gewesen. Und in dieser Stadt waren alle besessen vom Meer. Sie trat gegen die

Bank und ging weiter. Sie liefen ungefähr eine halbe Stunde ziellos durch Edge, bis sie einen großartigen Fund machten.

»Bingo!«, flüsterte Sam und zeigte auf einen Kanaldeckel in der Nähe.

»Warum flüsterst du?«

»Für den dramatischen Effekt. Seht nur, das ist perfekt.«

Sie zeigte auf eine ausgetretene Zigarette.

»Immer wenn wir ihn gesehen haben, war er von einer Rauchwolke umgeben. Ich wette, die ist von ihm.«

»Das können wir nicht wissen. Costello könnte uns zu einer armen, ahnungslosen Person führen, die zufällig auch raucht.«

»Aber diese Zigarette ist auf die Straße geworfen worden. Das ist genau seine Art von böswilligem Verhalten.«

Sam wickelte sich ihren Schal um die Hand und hob den Zigarettenstummel vorsichtig auf. Dann hielt sie ihn Costello hin.

»Los geht's, Junge. Schnüffel! Such!«

Costello nieste. Sam runzelte die Stirn. »Komm schon, Costello. Das hier ist dein Moment. Finde ihn! Spür ihn auf!«

Gehorsam näherte Costello sich der Zigarette, bevor er versuchsweise einmal an ihr leckte. Sam zog sie zurück und steckte sie sich in die Tasche.

»Was für ein Spürhund bist du eigentlich?«

Tieftraurig blickte er zu ihnen auf. Sam verdrehte die Augen und kraulte ihn hinter dem Ohr. »Du bist wirklich der albernste Hund überhaupt.«

Costello schüttelte sich, bevor er sich kerzengerade aufsetzte, die Ohren spitzte und mit der Nase wackelte. Er heulte leise auf, dann schnellte er vor und zog ungeduldig an seiner Leine.

»Sam, er macht es. Er bringt uns zu ihm!«

»Aber wir müssen vorsichtig sein. Das hier ist eine reine Aufklärungsmission.«

»Du guckst zu viel Fernsehen.«

»Egal. Los geht's!«

Costello führte sie zielstrebig durch die Straßen, wobei er ab und zu anhielt und die Nase in die Luft reckte, um sicherzustellen, dass sie noch in die richtige Richtung gingen. Sie wurden schneller und joggten mittlerweile hinter ihm her, weil sie sonst kaum noch mit seiner Aufregung mithalten konnten. Lilys Herz dröhnte ihr in den Ohren. Sie schlängelten sich durch die Stadt, weiße Häuser zogen an ihnen vorbei, während sie um Leute herumliefen, sich durch kleine Menschenmengen drängten und Entschuldigungen riefen, ohne anzuhalten.

Und endlich rauschten sie aus einer Gasse auf den Sandstrand, wo Costello enthusiastisch anfing, ein Loch zu buddeln. Dabei sah er absolut selbstzufrieden aus.

»Der Strand?!«, brüllte Sam. »Du hast uns an den Strand geführt? Du nutzloser, egoistischer, unsinniger Hund. Ich lasse einen Teppich aus dir machen.«

»Du weißt, dass er dich nicht versteht, oder?«

Costello bellte zufrieden und grinste ein riesiges, schlabbriges Grinsen.

»Das Lächeln kannst du dir gleich aus dem Gesicht schmieren. Wir versuchen hier, ein Geheimnis zu lösen, und du zerrst uns an den Strand? Was kannst du eigentlich, wenn du nicht mal einen Bösewicht aufspüren kannst?«

»Er kann dich immer noch nicht verstehen.«

»Sei nicht albern. Er versteht jedes Wort. Er ist der Einzige, der mir wenigstens die Hälfte der Zeit über zuhört.«

»Sam ...«

»Nein, wirklich. Ich weiß, ich rede zu viel. Da ist es verständlich, dass allen anderen langweilig wird ...«

»Sam ...«

»Aber er ist so ein guter Zuhörer ...«

Lily hielt Sam den Mund zu und zeigte mit der anderen Hand auf den Strand. In der Ferne stand eine vertraute, gekrümmte Gestalt am Ufer.

»Costello, du Genie. Du bist der großartigste, schlauste Hund auf der ganzen Welt. Ich wusste, du schaffst es.«

Costello antwortete mit einem selbstgefälligen Bellen und schüttelte sich glücklich.

»Hol ihn dir!«, sagte Sam, nachdem sie die Leine von seinem Halsband gelöst hatte.

Costello rannte in die vollkommen falsche Richtung und bellte einen missmutigen Schwarm Möwen an. Sam stemmte die Hände in die Hüften und runzelte die Stirn.

»Vermutlich ist es besser so«, sagte Jay. »Ich dachte nämlich, das hier sollte eine reine Aufklärungsmission sein.«

Sam wurde rot. »Stimmt, bin wohl etwas zu aufgeregt.«

In der Ferne wandte Snyde sich vom Meer ab und ging los.

»Kommt, lasst uns sehen, wohin er geht.«

Sie gingen am Strand entlang und ließen Costello weiter Möwen jagen. Es war gar nicht so einfach, auf dem Sand zu schleichen, aber sie gaben ihr Bestes. Vorsichtig hoben sie die Füße an, um Platschgeräusche zu vermeiden. Dabei hielten sie sich nah am Boden, duckten sich hinter Felsen und riesige Stücke Treibholz.

Irgendwann waren sie nah genug, um zu erkennen, dass es definitiv Snyde war.

Er drehte sich in ihre Richtung, und Lily zog Sam und Jay hinter einen dunklen Felsen, wo sie den Rücken an die Felswand drückte, während ihr Herz in ihrer Brust hämmerte. Sie konnten sogar das Aufflammen seines Streichholzes hören, genau wie das Zischen, als er es in einen Tümpel warf. Lily rümpfte die Nase. Sie hasste diesen Mann wirklich.

Nach einer Minute spähte sie über den Felsen, dann richtete sie sich ganz auf und sah sich verdutzt um.

»Was ist denn?«, flüsterte Jay.

»Er ist weg!«, sagte Lily.

Jay stellte sich hin und schirmte seine Augen ab, um den Strand abzusuchen. Snyde war tatsächlich fort. Sie entdeckten seine Fußabdrücke im Sand, allerdings schon voller Wasser und halb von der aufkommenden Flut verwaschen.

»Das verstehe ich nicht. Er stand doch genau dort«, sagte Lily.

Jay ging zu der Stelle, an der die Fußabdrücke plötzlich aufhörten, und sah am Ufer entlang.

»Wie kann sich jemand einfach in Luft auflösen?«, fragte Lily.

Jay wandte sich ihr triumphierend zu. »Nicht in Luft. In festen Stein.«

Er zeigte auf etwas. Lily und Sam folgten seinem Blick und keuchten. Natürlich! Das hier war eine Piratenhochburg gewesen. Die Felsen waren voller Höhlen.

FÜNFUNDZWANZIG

Lily, Sam und Jay trotteten über den nassen Sand zu dem Felsen, bei dem Snyde verschwunden war. Costello heulte ihnen von der Promenade aus nach, weil Sam ihn dort an einen Laternenmast gebunden hatte. Lily zitterte, als sie sich dem schlundartigen Eingang der nächstgelegenen Höhle näherten. Noch nie war ihr der Begriff »Schlund« passender erschienen. Er lag klaffend vor ihnen, riesig und dunkel, gerahmt von Felsen, so spitz wie Reißzähne. Als sie eintraten, packte Lily die Angst, dass er sich hinter ihnen schließen und sie bei lebendigem Leib verschlingen würde.

Im Inneren der Höhle war es noch kälter als draußen. Feuchte Luft legte sich auf Lilys Haut und Haare, wo sie sich in eiskalte Tropfen verwandelte und an ihrem Nacken hinablief. Der Boden war ganz glitschig vor lauter Algen, und Sam packte Lily am Arm, als sie ausrutschte. Ihre Schritte platschten und hallten an den Höhlenwänden wider.

Lily schaltete die Taschenlampe an. Die Höhle war gigantisch, viel größer, als sie von außen wirkte. Der dünne Lichtstrahl der Taschenlampe hob nur die tiefe Dunkelheit hervor. Lily strahlte wild in alle Richtungen. Sie rechnete damit, dass jederzeit etwas Schreckliches aus den Schatten springen könnte. Das Rauschen der Wellen und das Plätschern des Wassers beunruhigten sie. Es klang, als würde etwas aus dem Meer aufsteigen, etwas, das sich darauf vorbereitete, sie an den Knöcheln zu packen.

Sie drangen tiefer vor, und für einen Moment war Lily froh darüber, das Schwappen hinter sich zu lassen. Doch die darauffolgende Stille war noch schlimmer – viel schlimmer. Das Schlurfen ihrer Schritte hallte an den Felswänden wider und vermehrte sich um sie herum. Riesige Wassertropfen fielen von der hohen Höhlendecke und landeten laut auf dem feuchten Boden. Ab und zu huschte etwas an ihnen vorbei. Lily versuchte, nicht hinzusehen – aus Furcht, es könnte eine Ratte oder eine riesige Spinne sein.

Als sie um eine Kurve gingen, verengte sich das Tageslicht hinter ihnen zu einer dünnen Nadelspitze. Ekel machte sich in Lilys Magen breit, als sie die schleimigen Wände abtastete, um sie nach versteckten Nischen abzusuchen. Zweimal verlor sie den Halt und einmal trat sie in eine verborgene Pfütze. Panik überkam sie, als der Boden sich unter ihr auflöste, aber die Pfütze war nur wenige Zentimeter tief, und ihr Fuß traf gleich darauf hart auf dem unebenen Boden auf. Ein abscheuliches Knacken ertönte und sie sog scharf die Luft ein. Eine Sekunde lang dachte sie, sie hätte sich den Knöchel gebrochen, aber sie trat vorsichtig auf und konnte immer noch Gewicht darauf legen. Gott sei Dank. Sie hatte keine Ahnung, wie sie ihrer Mum einen gebrochenen Knöchel erklären sollte. Sie hatte ihr erzählt, dass sie nur zum Lernen zu Jay nach Hause ging. Schmerz und Kälte zwickten an ihrem Fuß, und mit jedem Schritt schwappte Wasser aus ihrem Schuh.

Plötzlich traf der Strahl ihrer Taschenlampe auf ein kleines, blasses Bündel. Mit einem Aufschrei zuckte sie zurück.

Es war eine tote Möwe, die in die Höhle geschwemmt worden und halb von Algen bedeckt war. Lily trat zurück und schrie erneut auf, als ihr trockener Fuß nun auch in eine Pfütze rutschte. Sie wirbelte herum und richtete die Taschenlampe wütend auf die nasse Stelle. Dabei stieß sie gegen Sam – und erstarrte dann vor lauter Schreck.

Sie war nicht in eine Pfütze getreten. Das Meer hatte sie eingeholt! Sie war so darauf fokussiert gewesen vorwärtszukommen, dass sie nicht ein einziges Mal nach hinten geblickt hatte, wo das Wasser gestiegen war und immer näher kam.

»Sam«, krächzte Lily.

Sam konnte nicht antworten, stattdessen huschte ihr Blick über den Boden, als könnte sie einfach nicht verstehen, wohin er verschwunden war.

»Oh nein«, sagte Jay. »Diese Höhlen laufen bei Flut voll. Wir müssen hier *sofort* raus!«

»Vielleicht gibt es einen Ausweg«, sagte Lily. Sie wünschte, ihre Stimme würde nicht so jämmerlich klingen. »Viele der Höhlen führen in die Stadt.«

»Niemals, das können wir nicht riskieren! Was, wenn sie in einer Sackgasse endet? Guck doch, wie schnell das Wasser steigt.«

Übelkeit überkam Lily. Sie atmete ein paarmal tief ein, und der Geschmack von Salz, Moder und Algen traf sie schwer in der Kehle. Zaghaft streckte sie den Fuß aus und tastete den Boden ab. Das Wasser ging ihr bis über die Knöchel.

»Noch ist es nicht allzu tief. Wir können es noch zurück an die Küste schaffen.«

»Wir können den Boden nicht sehen. Wir wissen nicht, wie tief es ist.«

»Wir haben keine andere Wahl. Wir müssen gehen. Sofort.«

Lily drehte sich um und ging in Richtung des Höhleneingangs, während ihr Inneres rumorte und ihre Füße sich in dem eisigen Wasser verkrampften. Sie konzentrierte sich auf die platschenden Schritte ihrer Freunde hinter sich und auf das Ziel, sie in Sicherheit zu bringen. Entschlossen zwang sie sich dazu, einen Fuß vor den anderen zu setzen.

Das Wasser reichte ihr mittlerweile schon bis zu den Knien. Das machte sie langsamer, weil die Strömung sie zurück in die Dunkelheit der Höhle drängte. Sie streckte eine Hand nach hinten aus. Sam griff danach und streckte ihre andere Hand nach Jay aus. Sie hielten einander fest und zogen sich gemeinsam nach vorn. Lily atmete erleichtert aus, als sie um die Kurve kamen und sie den Höhleneingang vor sich sah, so verlockend nah.

Das Meer rauschte nun schneller herein, weißer Schaum schlug wild an die Höhlenwände. Jeder einzelne Schritt dauerte ewig, weil sich Lilys dicke Winterkleidung mit Wasser füllte und sie in die Tiefe zog. Es fühlte sich an wie ein Alptraum, in dem man wusste, dass man von etwas Schrecklichem verfolgt wurde, aber trotzdem nicht schneller gehen konnte. Lily drängte ihre Freunde voran, und plötzlich verschwand der Boden unter ihren Füßen.

Sie versank bis zur Taille im Wasser. Es raubte ihr den Atem, der Schmerz lähmte sie wie tausend Nadelstiche. Mit angsterfüllter Miene stand Sam an dem Abgrund, von dem Lily gerade getreten war, und hielt immer noch ihre Hand. Lily biss die Zähne so fest zusammen, dass sie befürchtete, sie würden zerbrechen, und zog an Sam.

»Komm weiter. Wir müssen weitergehen.«

Sam nickte und kniff entschlossen den Mund zusammen. Sie umklammerte Lilys Finger noch fester und schloss die Augen, als sie vorwärtstrat. Den Schrei, der ihre Lippen verließ, konnte sie nicht unterdrücken. Jay folgte und krümmte sich, als die Kälte ihn traf wie ein Schlag in die Magengrube. Alle drei zitterten heftig.

Lily versuchte, nicht an all die Dinge zu denken, die sie über Ms Brights Unfall gehört hatte.

Sie hatte Glück, dass sie entdeckt wurde. Nur wenige Minuten in dem Wasser hätten sie töten können. Nur wenige Minuten.

Der Strand war schon fast in Reichweite. Nur noch ein paar Schritte. Nur ein paar noch.

Das Wasser stieg weiter an und bedeckte nun ihren Bauch. Gerade als ihre Hand den zerklüfteten Eingang der Höhle berührte, stolperte Sam und verschwand im Wasser.

»Sam!«, schrie Lily.

Sie ignorierte den Schmerz und sprang ihrer Freundin hinterher, um sie schnell aus dem Wasser zu ziehen. Es rauschte voller Kraft in die Höhle und zog sie mit sich nach hinten. Lily wappnete sich gegen die Wellen, indem sie sich an die Felsen klammerte. Sam schüttelte den Kopf, ihr Blick war trüb, ihre Augen waren gerötet.

»Ich kann nicht mehr. Ich bin zu müde. Ich muss eine Pause machen.«

Lily legte Sam die Hände auf die Schultern und rieb sie, um sie aufzuwärmen. »Doch, du kannst. Sieh mich an. Sam, sieh mich an.« Sam hob den verschwommenen Blick. »Du schaffst das. Das weiß ich. Komm schon. Wir müssen uns in Sicherheit bringen.«

Sie verschränkte ihre Finger mit Sams, aber sie wurden von einer weiteren Welle getroffen und voneinander getrennt. Lily hielt sich an der Felswand fest, deren muschelbesetzte Oberfläche ihre Hände wund kratzte. Sie kämpfte um Halt, während das Salz in ihrer Kehle brannte. Panik durchflutete sie, weil sie weder Sam noch Jay sehen konnte.

Mit einem kräftigen Ruck zog sie sich aus dem Höhlenschlund heraus. Das Meer rauschte weiter auf sie zu und drückte sie an die Felsen. Sie suchte auf dem sandigen Meeresboden nach festem Stand und watete durch die Brandung, bevor sie sich schwer auf den Sand fallen ließ. Lily wurde ganz schwindlig vor Erleichterung, als sie sah, wie Jay sich mit Sams Arm an der Schulter zu ihr vorkämpfte. Platschend eilte sie zu ihnen und zog beide auf den sicheren Strand, wo sie erschöpft im flachen Wasser liegen blieben. Sam hustete einen Schwall Salzwasser aus. Ihre Lippen waren blau angelaufen und ihre Zähne klapperten heftig. Lily sah vermutlich nicht besser aus. Ihre Augen füllten sich mit Tränen. Kopfschüttelnd sah sie Jay an.

»Wir hätten sterben können«, sagte er schwach.

Lily wusste nicht, was sie darauf antworten sollte. Sam sprach noch immer nicht. So lang hatte Lily sie noch nie schweigen gehört. Sie hatte keine Ahnung, was sie ihrer Mum erzählen sollte.

SECHSUNDZWANZIG

Als Lily klitschnass und zitternd zu Hause ankam, schrie ihre Mum laut auf. Lily öffnete den Mund, um etwas zu sagen, bemerkte dann aber plötzlich, dass sie zu müde war, um ihre Lippen zu bewegen. Ihr Verstand war träge und benebelt, als sie gegen etwas Warmes und Weiches fiel. Sie sah, wie sich Gänsehaut auf dem Arm ihrer Mum bildete, als das Wasser von ihren Haaren darauf tropfte. Lily vergrub das Gesicht in der Halsbeuge ihrer Mum und spürte, dass deren Haut sich an ihrer eigenen glühend heiß anfühlte. Sie runzelte die Stirn. War ihre Mum krank? Das erschien ihr nicht richtig, aber Lily konnte nicht genau sagen, warum. Wenn sie nur ein wenig schlafen könnte, dann würde sie sich sicher daran erinnern.

Ihr wurden die nassen Kleider ausgezogen. Sie wurde unter drei Decken ins Bett gesteckt. Ihre Mum hielt ihr eine Tasse an die Lippen und ließ kleine Schlucke in ihren Mund fließen. Sie war blass und wirkte älter als sonst, als sie traurig den Kopf schüttelte und etwas sagte. Lily fragte sich, ob sie ihr gerade einen ärgerlichen Vortrag hielt, aber die Worte ihrer Mum schwebten nur um sie herum und prallten sanft an ihr ab. Sie zog sich die Decken bis unters Kinn und schloss die Augen. Nach einer Weile hörte sie das Klicken der Tür.

Am nächsten Morgen erwachte Lily und fühlte sich unfassbar krank. Außerdem hatten sie und ihre Freunde Hausarrest und durften einander vorerst nicht mehr sehen.

»Du *verbietest* mir, meine Freunde zu treffen?«

Lilys Mum stellte eine Tasse Tee vor ihrer Tochter ab. »Sei nicht so dramatisch. Niemand verbietet hier irgendwas. Wir halten es nur für eine gute Idee, wenn ihr drei mal ein bisschen Abstand zueinander habt.«

»Ich brauche keinen Abstand. Ich *will* keinen Abstand. Meine Freunde sind das einzig Gute an dieser doofen Stadt, in die du mich mitgezerrt hast.«

Ihre Mum zuckte zusammen, beharrte aber auf ihrer Entscheidung. Seitdem Lily gewusst hatte, dass sie die Großstadt verlassen würden, hatte sie die Schuldgefühle ihrer Mum oft ausgenutzt. Aber jetzt, wo sie sie am meisten brauchte, hatten sie an Kraft verloren.

Ohne ihre Freunde fühlte sich Edge so kalt und leer an wie bei ihrer Ankunft. Ihre Mum versuchte es auszugleichen, indem sie übertrieben fröhlich und ständig anwesend war. Doch Lily hätte am liebsten geschrien, dass sie verschwinden solle. Ihr Handy war beschlagnahmt worden, also konnte sie Sam und Jay nicht mal fragen, wie es ihnen ging. Ms Bruce setzte das Verbot nur zu gern auch in der Schule um, indem sie durch die Mensa patrouillierte und sicherstellte, dass die drei getrennt voneinander saßen. Lily fühlte sich furchtbar einsam.

Sie hatte versucht, Nachrichten auf Papierflieger zu schreiben und sie von ihrem Fenster aus in Sams Zimmer zu werfen, aber der Winter an der Küste verhielt sich vollkommen anders als der in der Großstadt. Der Wind war wild und unberechenbar, gelegentlich riss er Lily buchstäblich von den Füßen und verteilte Meeresspritzer in der ganzen Stadt, egal wie weit entfernt man sich vom Wasser befand. Der Flieger erreichte nie sein Ziel.

Ihre Mum beharrte darauf, dass das Verbot – oder die »Pause«, wie sie es nannte – nicht für immer andauern würde. Nur lange genug, um die ungesunden Verhaltensweisen zu durchbrechen, die dazu geführt hatten, dass sie mitten im Dezember halb ertrunken vor ihren Haustüren aufgetaucht waren. Fast konnte Lily den Gedanken nachvollziehen. Das mit der Höhle war dumm gewesen, aber das wussten sie selbst. Sie hatten ihre Lektion gelernt. Literweise Salzwasser zu schlucken und dann wieder auszuspucken, war schon Bestrafung genug gewesen, es war also absolut unfair, dass ihre Eltern sie noch zusätzlich bestraften.

»Lily, was habe ich gerade gesagt?«

Lilys Kopf schnellte hoch. Sie hatte aus dem Fenster gestarrt und war in der Ungerechtigkeit der Situation versunken. Es dauerte also einen Moment, bis sie sich überhaupt daran erinnerte, dass sie in Ms Hanans Unterricht saß. Daher standen die Chancen schlecht, dass sie richtig raten würde, was gerade gesagt worden war. Einige Mitschüler kicherten leise, und Lily lief rot an. Sam, die einige Reihen entfernt saß, schenkte ihr ein mitfühlendes Lächeln.

»Nun?«

Die Schärfe in Ms Hanans Stimme traf Lily hart. »Ich weiß es nicht, Miss. Tut mir leid.«

»Okay. Du würdest vielleicht mehr lernen, wenn du deine Aufmerksamkeit auf den Unterricht lenkst und nicht auf das Fenster.«

»Ja, Miss.« Lily nahm sich ihren Bleistift und fing an, wütend in ihr Übungsheft zu kritzeln.

»Jay, möchtest du uns erzählen, was ein Paarreim ist?«

Jay zuckte zusammen. Er hatte genauso wenig aufgepasst wie Lily. Da schoss Sams Hand in die Höhe.

»Bitte, Miss. Ein Paarreim besteht aus zwei Gedichtversen, die sich reimen und meistens dasselbe Versmaß haben.«

»Ich glaube nicht, dass ich dich gefragt habe, Sam.«

Sam sackte zusammen. »Entschuldigung, Miss.«

Ms Hanan seufzte. »Aber du hast recht. Genau das ist ein Paarreim. Und was kann ein Paarreim haben? Jay? Irgendwelche Ideen dazu?«

»Ein Paarreim gibt einem Gedicht Struktur.«

»Gut. Und?«

»Und er kann ein Gedicht interessant machen. Durch dramatische Wirkung.«

Seine Stimme klang flach und gelangweilt, so als würde er es ablesen. Ms Hanan hob eine Augenbraue, fuhr dann aber mit dem Unterricht fort.

Lily kritzelte gedankenverloren in ihr Heft, während ihre Mitschüler um sie herum Gedichte aufsagten. Jemand sagte etwas Kitschiges über den Ozean auf, und Lily verdrehte die Augen. In Edge verschwand das Meer nie lange aus den Köpfen der Bewohner.

Plötzlich fuhr die Erkenntnis über etwas, das schon länger in ihr herumgeschwirrt war, wie ein Schnellzug in ihre Gedanken. Ruckartig setzte sie sich auf, wobei die Spitze ihres Bleistifts an der Tischkante abbrach.

Im Herzen bleiben wir vereint,
das Meer uns zu entzweien scheint.

Die Widmungen auf den zwei Bänken am Strand! Sie gehörten zusammen, sie ergaben einen Paarreim. Ihre Hinweise hatten sie an die richtige Stelle geführt, sie hatten nur den nächsten Hinweis in der Kette nicht wahrgenommen. Gedanklich flehte sie Sam und Jay an, in ihre Richtung zu gucken, aber sie saßen zusammengekauert auf ihren Stühlen, hatten die Köpfe in die Hände gestützt oder kritzelten in ihre Hefte genau wie Lily vor wenigen Sekunden. Sie streckte die Finger aus, als würde sich dadurch eine Lösung ergeben. Das tat es aber nicht.

Ms Hanan drehte sich um, um etwas an die Tafel zu schreiben. Da witterte Lily ihre Chance: Sie schrieb WIDMUNGEN AUF BÄNKEN SIND PAARREIME auf einen Zettel, riss ihn aus ihrem Heft und warf ihn zusammengeknüllt an Sams gesenkten Kopf. Er prallte sanft ab, und sie stieß ein leises Quieken aus. Endlich sah sie Lily an und beugte sich vor, um den Zettel aufzuheben. Aber sie war zu langsam.

Ms Hanan schnappte ihr das Papierknäuel unter den Fingern weg und bedachte Lily mit einem bösen Blick.

»Sei nicht schüchtern, Lily. Wenn du Sam eine wichtige Erkenntnis mitzuteilen hast, würde der Rest der Klasse sicher gerne daran teilhaben.«

Lily sank tiefer in ihren Stuhl. Ms Hanan glättete den Zettel und las, wobei sie verwirrt die Augenbrauen zusammenzog.

»Nun, wenigstens scheint es sich auf den Unterricht zu beziehen. Da du dieses Thema scheinbar so interessant findest, Lily, hast du sicher nichts dagegen, nach dem Unterricht noch nachzusitzen und ein paar Extraaufgaben zu machen. Sam und Jay ebenfalls.«

»Aber, Miss.«

»Ruhe, Lily!«

Der scharfe Ton ihrer Stimme brachte Lily zum Schweigen. Ihre Mitschüler wandten beschämt die Blicke ab. Lily spürte, wie sich Tränen in ihren Augen bildeten. Jetzt hatte ihr auch noch ihre Lieblingslehrerin den Rücken zugekehrt. Sie starrte auf ihr Heft und kämpfte gegen die Tränen an.

SIEBENUNDZWANZIG

Beim letzten Klingeln gingen alle lachend und brüllend nach Hause – abgesehen von Lily, Sam und Jay. Ms Hanan schloss die Tür und als sie sich den dreien zuwandte, änderte sich ihr Ausdruck komplett.

»Es tut mir so leid. Geht's euch gut?«

Lily blinzelte sie an. »Geht's uns ... was?«

Lily riskierte einen Blick zu Sam und Jay, um zu schauen, ob sie verstanden, was hier los war. Aber sie sahen genauso verdutzt aus.

»Äh, ja. Schätze schon.«

»Mir ist keine andere Möglichkeit eingefallen«, sagte Ms Hanan.

»Eine Möglichkeit ... wofür?«

Ms Hanan sah Lily an, als wäre sie schwer von Begriff. »Eine Möglichkeit, wie ihr drei euch sehen könnt.«

Lily blieb der Mund offen stehen. Sie tauschte erstaunte Blicke mit ihren Freunden aus. Dann lachten alle drei los und liefen aufeinander zu, um sich chaotisch zu umarmen. Mit einem Klicken rückte ein Teil von Lily wieder an die richtige Stelle.

Sie sah Ms Hanan an, deren Augen verschmitzt funkelten.

»Warum tun Sie das?«

Lächelnd schob Ms Hanan ihren Hijab zurecht. »Oh, Lily. Ich habe dich schon vorher einsam erlebt und es war schrecklich! Ich möchte nicht schuld daran sein, dass es noch mal so weit kommt. Und jetzt los, besprecht eure geheimnisvolle Notiz und euren geheimnisvollen Paarreim, worum es sich auch handelt. Ich würde sagen, wir haben ungefähr …« Sie blickte auf ihre Uhr. »Oh, circa eine Stunde, bevor jemand Verdacht schöpft und nachsehen kommt.«

Dann setzte sie sich an ihren Tisch und zog einen Stapel Arbeitsblätter zum Korrigieren zu sich heran. Lily nahm Sams Hände in ihre und drückte sie, dann streckte sie eine Hand nach Jay aus und tat dasselbe. Sie gingen zum hinteren Teil des Klassenzimmers und zogen sich drei Stühle an einen Tisch, damit sie reden konnten, ohne belauscht zu werden.

»Was meinte sie mit dem Paarreim? Was stand in deiner Nachricht?«

»Erinnert ihr euch noch an die Bank am Meer? An die seltsame Widmung?«

Jay nickte. »Natürlich. Aber ich dachte, wir hatten beschlossen, dass sie nichts bedeutet.«

»Tut sie auch nicht. Oder eben doch. Also irgendwie schon.«

»Jetzt spuck's schon aus«, zischte Sam. »Spann uns nicht auf die Folter!«

»Es ist nicht der ganze Hinweis, sondern nur die Hälfte. Vielleicht sogar weniger. Ich habe mal die Widmung auf der nächsten Bank gelesen, habe aber erst jetzt verstanden, was es ist: *Das Meer uns zu entzweien scheint.*«

Sams Augen leuchteten auf. »*Im Herzen bleiben wir vereint, das Meer uns zu entzweien scheint.* Ein Paarreim! Lily, du bist ein Genie.«

»Wir müssen uns die Bänke noch mal genauer ansehen. Da draußen könnte ein ganzes Gedicht sein.«

»Wenn es ein ganzes Gedicht ist …«

»Dann führt es uns vielleicht zu Emilys Diamanten.«

ACHTUNDZWANZIG

Lily wollte unbedingt sofort zu den Bänken, aber ihre Mum klebte immer noch an ihr. Sie hatte außerdem beschlossen, dass allein der Anblick des Meeres Lily nach ihrem Unfall traumatisieren würde, also gab sie alles, um sie davon fernzuhalten.

Jay und Sam hatten genauso wenig Glück. Sie konnten also nur warten, bis ihre Eltern sich beruhigt hatten, und hoffen, dass der Sturm bald vorüberzog.

Lily musste ständig an Ms Bright denken. Im Moment war sie im Krankenhaus sicher, aber in der Stadt ging die frohe Kunde umher, dass es ihr schon besser ging und sie bald entlassen würde. Sie war bei Bewusstsein und sprach, hatte aber niemandem von Snyde erzählt.

Lily war mit ihrer Mum in der Stadt, als sie ihn wiedersah. Er stellte sich ihr in den Weg, was sie so erschreckte, dass sie ihre Einkaufstüten mit einem Japsen fallen ließ. Die Eier fielen aus dem Karton und verursachten eine Sauerei auf dem Gehweg, die Orangen rollten über die ganze Straße.

»Oh, Lily!«, rief ihre Mum und lief den Orangen hinterher.

Lily wollte gerade schreien, doch da öffnete Snyde seinen Mantel und zeigte ihr, was er darunter verbarg. Im Bund seiner Hose steckte ein gezacktes Jagdmesser. Sie blinzelte ihn verdutzt an. Einen Moment lang hätte sie fast gelacht. Der Anblick des Messers war neben den niedlich gestrichenen Fensterläden und den gepflegten Blumenkästen entlang der Hauptstraße einfach völlig fehl am Platz. Snyde fuhr mit dem schwieligen Daumen über die Klinge, während sein Blick zu Lilys Mum huschte. Lily biss sich kräftig auf die Lippe.

Mit den Armen voller Orangen kam ihre Mum zurückgerannt. Snyde ließ den Mantel wieder zufallen und bedachte Lilys Mum mit einem hungrigen Blick, der dafür sorgte, dass Lily ihm gegen die Schienbeine treten wollte – Messer hin oder her. Lily hob ihre Einkaufstüte auf und hielt sie ihrer Mum hin, damit sie die leicht angeschlagenen Orangen hineinlegen konnte. Snyde setzte ein breites Lächeln auf, von dem Lily ganz schlecht wurde.

»Sie müssen dann wohl Lilys Mum sein«, sagte er mit ausgestreckter Hand. »Ich glaube, wir kennen uns noch nicht.«

Lilys Mum schob sich die Einkaufstüte auf eine Seite, damit sie ihm die Hand schütteln konnte. »Nein, tun wir wohl nicht. Mr ...?«

»Snyde. Ich ... bin einer von Lilys Lehrern.«

»Oh! Ich dachte, ich hätte schon alle von ihren Lehrern getroffen. Welches Fach unterrichten Sie?«

Snyde grinste Lily entsetzlich an. »Geschichte.«

Lily funkelte ihn wütend an.

»Würde es Ihnen was ausmachen, wenn ich mir Lily kurz schnappe? Ich habe eine Frage zu einer ihrer Hausaufgaben.«

Lily sah ihre Mum flehend an, damit sie verstand, dass sie sich so weit wie möglich von diesem Mann entfernen sollten. Aber ihre Mum lächelte nur. »Natürlich. Ich muss sowieso noch kurz in ein paar Läden. Lily, treffen wir uns bei der Bäckerei, wenn du fertig bist?«

Lily war enttäuscht. Ihre Mum war offensichtlich noch schwerer von Begriff als Costello. Mit ängstlichem Blick sah Lily ihr nach, bevor sie sich Snyde zuwandte und versuchte, unerschütterlich zu wirken. Er steckte sich eine Zigarette in den Mund.

»Also«, sagte er freundlich, »mir ist zu Ohren gekommen, dass die arme Ms Bright einen schrecklichen Unfall hatte.«

»Wir wissen, dass es kein Unfall war, und bald werden das auch alle anderen wissen. Haben Sie es noch nicht gehört? Sie ist aufgewacht.«

Sofort wünschte Lily sich, sie hätte das nicht gesagt. Aber Snyde lachte nur.

»Wenn sie vorhätte zu reden, hätte sie das schon getan. Und bald wird sie nicht mehr die Gelegenheit dazu haben. Erstaunlich, wie gefährlich so eine Kleinstadt doch sein kann, oder? Und wie jemand, der so absolut harmlos aussieht, sich plötzlich als Dorn im Auge herausstellen kann …«

»Denken Sie so über mich und meine Freunde? Als Dornen? *Sie* sind doch derjenige, der uns nicht in Ruhe lassen will.«

»Lily, ich würde nicht mal deinen Namen kennen, wenn ihr eure Nase nicht in Angelegenheiten gesteckt hättet, die euch nichts angehen.«

»Was wollen Sie?«

Das Aufglimmen der Flamme und die Rauchwolke verschluckten für einen Moment sein Gesicht. »Ich will nicht mehr und nicht weniger, als mir rechtmäßig zusteht. Es gibt da einen Gegenstand mit beträchtlichem … sentimentalem Wert für mich. Ich will nur sicherstellen, dass er nicht in die falschen Hände gerät.«

»Der Diamant.«

Snydes Kopf zuckte zurück. »Du weißt also von dem Diamanten.«

»Sie werden ihn niemals bekommen. Ms Bright hat uns die Geschichte erzählt. Er wurde für jemanden mit klugem Kopf und reinem Herzen aufbewahrt. Und das haben Sie beides nicht.«

Snyde lachte, bevor er auf den Boden spuckte. »Ich wusste es. Ich wusste, dass sie mich die ganze Zeit über angelogen hat.«

»Ms Bright hat Sie nicht angelogen. Sie glaubt nicht, dass der Diamant existiert.«

»Ich spreche nicht von deiner lieben Ms Bright.«

Lilys Herz machte einen Sprung. »Ihre Mum. Joanie.«

»Sie hat sich für so clever gehalten, mich ausgelacht und darauf beharrt, dass sie nicht wüsste, wo er ist. Und die ganze Zeit über hat sie ihn für ihre kostbaren Mädchen aufbewahrt. Nun, sie wird nicht mehr lange lachen. Ich habe ja gewusst, dass es sich lohnen würde, dieses Kaff im Auge zu behalten. Treibgut wird immer irgendwann an Land gespült.«

»Sie irren sich. Ms Bright hat den Diamanten nicht. Sie hält ihn nicht mal für echt. Zumindest hat sie das nicht, bevor Sie ihr eine übergebraten haben. Vielleicht hat sie mittlerweile ihre Meinung geändert.«

»Wo ist er?«, zischte er ihr wütend ins Gesicht. Rauchschwaden stiegen aus seinem Mund auf, brannten in Lilys Augen und setzten sich in ihren Haaren fest.

»Keine Ahnung! Keine Ahnung, keine Ahnung!«

Er hielt ihr einen Finger vor das Gesicht. »Ich hoffe für dich, dass das wahr ist. Hör mir gut zu: Ich werde diesen Diamanten finden, und wenn du und deine kleinen Freunde mir im Weg seid, also … Du hast gesehen, wie schnell Unfälle passieren. Ich habe gehört, dass ihr drei vor Kurzem auch nur knapp mit dem Leben davongekommen seid. Es wäre doch schrecklich, wenn sich so was wiederholen würde.«

Lily lief ein eiskalter Schauer über den Rücken. »Sie machen mir keine Angst.«

Snyde grinste. »Und warum zitterst du dann?«

Lily steckte die Hände in ihre Manteltaschen und streckte trotzig das Kinn vor. »Wir werden Sie aufhalten. Schreckliche Menschen wie Sie bekommen immer, was sie verdient haben.«

Grinsend nickte er in Richtung des Buchs, das aus Lilys Tasche lugte. »Vielleicht in deinen kleinen Abenteuergeschichten, aber nicht in der echten Welt. Hier draußen bist du nur ein machtloses kleines Mädchen. Ein niemand.«

»Nein, *Sie* sind ein niemand. Ein gieriger, herzloser, mörderischer Niemand.« Das letzte Wort schrie sie schon fast.

»Meine Güte, wir sind heute aber mutig, nicht? Komm mir nicht in die Quere. Sonst ...« Plötzlich richtete er sich auf und drückte seine Zigarette aus, bevor er sie in seine Jackentasche steckte. Lily drehte sich um.

Ihre Mum war gerade auf dem Weg zu ihnen und versuchte, im Gehen ein riesiges Baguette in eine Tüte zu packen.

Snyde hob die Stimme. »Das Zuverlässige an der Geschichte ist, Lily, dass sie sich wiederholt.« Ein hinterhältiges Lächeln nahm sein Gesicht ein, als sein Blick wieder auf Lilys Mum fiel. »Immer.«

Lily wünschte sich, dass sie eine schlaue Antwort parat hätte, eine brillante Retourkutsche, aber ihre Stimme war in ihrer Kehle stecken geblieben.

»Das wär's«, sagte Lilys Mum. »Bist du bereit für den Heimweg, Lily?«

»Ja«, sagte Lily. »Wir sind fertig.«

»Mr Snyde, Sie wollen nicht zufällig noch mit uns zu Mittag essen?«

Lily hätte fast geschrien.

»Was für ein nettes Angebot, Ms Hargan, aber ich muss dankend ablehnen. Vielleicht ein anderes Mal. Es ist eine kleine Stadt, ich bin sicher, wir sehen uns schon bald wieder.«

Er warf Lily noch einen triumphierenden Blick zu und machte sich dann davon. Lily atmete lang und tief durch, um ihr Herz zu beruhigen. Ihre Mum lachte.

»Verdammt, das war ganz schön heftig, oder? Ist er immer so?«

»Ich hasse ihn.«

Lilys Mum lachte erneut und zerzauste Lily das Haar. »Meine kleine Kriegerin. Ich hätte dir nicht so einen Hang zum Dramatischen anerziehen sollen. Na komm, lass uns was essen.«

Sie kehrten nach Hause zurück, aber der Schatten von Snyde begleitete Lily den ganzen Weg über.

NEUNUNDZWANZIG

Lily, Jay und Sam saßen im Schneidersitz in Ms Hanans Klassenzimmer, wo sie riesige Stapel an Büchern und Schreibutensilien sortierten, während Lily ihren Freunden vom Gespräch mit Snyde berichtete.

»Igitt, was für ein Ekelpaket«, sagte Sam.

»Es war schrecklich«, sagte Lily.

»Er denkt also, dass Ms Bright nach dem Diamanten sucht?«, fragte Jay.

Lily stellte ein Buch ins Regal. »Ehrlich gesagt, weiß ich nicht mal, ob er weiß, wovon er redet. Er glaubt, dass alle hinter ihm her sind und ihm etwas stehlen wollen.«

Sam schnaubte. »Also, ich persönlich bin absolut dafür, dass wir ihm etwas stehlen sollten.«

Jay hob einen kleinen Stapel Bücher auf seinen Schoß. »Er hat es wirklich getan. Er hat wirklich Ms Brights Mum getötet.«

»Und deswegen musste Emily verschwinden.«

»Wir müssen diese Schatzsuche unbedingt erfolgreich beenden«, sagte Lily. »Es hat alles mit der Geschichte über den Diamanten angefangen. Vielleicht wird das, was wir am Ende finden, uns ja dabei helfen, es zu Ende zu bringen.«

»Was, wenn es tatsächlich ein riesiger Diamant ist?«

»Was, wenn es eine Falle ist? Wir wissen nicht mal, wer Ms Bright das Ticket fürs Museum hinterlegt hat.«

»Wir müssen uns diese Bänke genauer ansehen«, sagte Sam.

»Aber wie?«, fragte Jay. »Meine Mum klebt immer noch wie ein Schatten an mir.«

Sam grinste. »Ich denke, es ist an der Zeit, dass wir ein paar Regeln brechen.«

***

Es dauerte ewig, bis Lilys Mum eingeschlafen war. Lily hatte schon befürchtet, dass sie vor ihr einnicken würde, aber das war unmöglich. Ihr ganzer Körper sprudelte vor erwartungsvoller Aufregung. Sie versuchte zu lesen, in ihren Gedanken Lieder zu singen, sie versuchte alles, um nicht auf die Uhrzeiger zu starren, die kriechend ihre Runden drehten. Sekunden wurden zu Minuten, Minuten zu Stunden, und Lily machte sich ernsthaft Sorgen, den Verstand zu verlieren, wenn sie noch länger warten musste.

Um zwei Uhr morgens war es endlich still im Haus. Lily war angezogen zu Bett gegangen und hatte sich die Decke bis unters Kinn gezogen, damit ihre Mum nichts bemerkte, wenn sie ins Zimmer kam, um das Licht auszumachen. Ihre Stiefel und ihre wärmsten Pullover waren beim Stuhl zurechtgelegt, aber sie hatte sie unter einem Bademantel versteckt.

Lily schob die Decke weg und schlich aus dem Bett.

Nachdem sie die zwei Pullover angezogen hatte, zog sie sich noch drei Paar Socken über. Wegen der vielen Schichten waren ihre Arme ganz steif und sie kam kaum an ihre Zehen. Sie hätte das Ganze lieber andersrum machen sollen. Lily hatte nicht sehr viel Erfahrung in nächtlichem Rausschleichen. Sie schnürte sich die Stiefel zu, quetschte sich mit den Pullovern in die Jacke und zog sich noch eine Mütze über den Kopf. Als sie sich bewegte, raschelte ihre Jacke, und sie erstarrte, um auf eventuelle Geräusche aus dem Zimmer ihrer Mum zu hören. Nichts. Sie griff prüfend in ihre Taschen: Taschenlampe, Schlüssel, Zettel, Stift, drei Schokoladenkekse, die sie vorhin stibitzt hatte. Sie war bereit.

Vorsichtig öffnete sie ihr Fenster. Kalte Nachtluft pfiff durch den Spalt und ließ Lily selbst in all den Schichten noch zittern. Draußen war es vollkommen dunkel, so dunkel wurde es in der Großstadt nie. Lily hörte das entfernte Rauschen des Meeres. Als sie über die Fensterbank kletterte, überkam sie kurz die Vorstellung, dass unten Wasser war und nur auf ihren Absturz wartete. Natürlich wusste sie, dass unter ihren baumelnden Füßen nur ihr Garten lag, trotzdem brauchte sie ein paar Minuten, um die Panik abzuschütteln.

Zögerlich streckte sie den Arm aus und wünschte sich, sie hätte das Ganze bei Tageslicht üben können. An ihren Fingerspitzen konnte sie gerade so die Regenrinne spüren. Also beugte sie sich weiter vor und versuchte, in der Dunkelheit das Gleichgewicht zu halten, ohne erneut in Panik auszubrechen. Endlich schlossen sich ihre Finger um die raue Oberfläche. Mit der anderen Hand platzierte sie ein

Buch zwischen dem Fenster und der Öffnung, damit es nicht zufiel und sie aussperrte.

Dann griff sie die Regenrinne fester und streckte den Fuß aus, um nach Halt zu suchen. Sie lehnte sich etwas zu weit vor, verlor das Gleichgewicht und rutschte von der Fensterbank. Lilys Handflächen schürften sich an den Ziegeln auf und als sie gegen die Rinne stieß, war ein lautes Klappern zu hören. Sie erstarrte und wartete darauf, dass das Licht anging und das Gebrüll losging. Immerhin würde ihre Mum nie auf die Idee kommen, dass sie sich hinausschlich, um sich auf eine Schatzsuche zu begeben und einen uralten Diamanten von einem Mörder fernzuhalten.

Doch im Haus blieb es still. Lily spähte in die Dunkelheit und fragte sich, ob Sam wohl nur wenige Meter entfernt an einer anderen Regenrinne festhing. Sie konnte aber nichts erkennen. Also kletterte sie am Rohr hinunter und zuckte bei jedem metallischen Kratzen zusammen. Ihr Fuß traf auf eine vereiste Stelle an der Hauswand und rutschte weg. Sie fiel, aber zum Glück nur ein paar Meter – ihr Aufprall wurde vom Rosenbusch ihrer Mum gedämpft. Lily schüttelte sich die Blätter aus dem Haar. Das würde ihrer Mum gar nicht gefallen.

Sie blickte zu ihrem geöffneten Fenster hinauf. Es sah aus, als wäre es fast in greifbarer Nähe. Sie konnte kaum glauben, dass sie so lange für dieses kurze Stück gebraucht hatte. Sie bedachte das Rohr mit einem düsteren Blick und hätte nur zu gern dagegengetreten, aber das war das Risiko nicht wert. Sie rückte ihre Mütze zurecht, zog den Reißverschluss ihrer Jacke bis unters Kinn und trat in die Dunkelheit.

Langsam tastete sich Lily an der Gartenmauer entlang. Sie wagte es erst, ihre Taschenlampe anzuschalten, als sie um die Ecke gebogen war. Dann hielt sie sie nach unten gerichtet, um den Weg zu erleuchten und nach Stolpersteinen oder glatten Stellen Ausschau zu halten. Die Hauptstraße tauchte vor ihr auf, und sie folgte den winzigen Leuchtkugeln der Straßenlaternen wie eine Seefahrerin, die anhand der Sterne durchs dunkle Wasser segelt. Die Straße war vollkommen verlassen.

Es war unheimlich, dass die vertrauten Fensterläden geschlossen und das einzige Geräusch auf der sonst so belebten Straße ihre Schritte waren. Als sie den Kompass an der Kreuzung überquerte, beugte sie sich hinunter, um das eingeritzte Herz zu berühren, damit es ihr Glück brachte. Mit der Hauptstraße ließ Lily auch das Licht wieder hinter sich. Nach den hell erleuchteten Straßen erschien ihr die Dunkelheit noch tiefer und undurchdringlicher als vorher. Das Meer war nun deutlich zu hören und, sie wurde langsamer, weil sie schreckliche Angst hatte, jeden Augenblick über eine Klippe zu treten.

»Lily!«

Das Flüstern kam aus der Nähe. Lily hielt an und schwang den Strahl ihrer Taschenlampe herum. Sam schaltete ihre mit einem Klicken an und winkte Lily zur Bank. Sie hatte die Schultern gegen die Kälte hochgezogen, Costello hockte zwischen ihren Knien.

»Du hast Costello mitgebracht?«, fragte Lily, während sie den Hund an den Ohren kraulte.

Sam zuckte mit den Schultern. »Erschien mir als einfachste Lösung, damit er mit seinem Gejaule nicht das ganze Haus weckt, sobald ich aus der Tür rausgehe.«

»Du bist einfach durch die Haustür marschiert?«

»Klar. Was hast du denn gemacht?«

»Oh. Ähm, das Gleiche.«

Lily war dankbar, dass es dunkel war und Sam ihre roten Wangen nicht sehen konnte. Sie setzte sich dicht neben ihre Freundin, um sich aufzuwärmen.

»Und, hast du die Widmungen schon gelesen?«

»Noch nicht. Ich dachte, dass sollten wir zusammen machen.«

Lily nickte. Dann fiel ihr wieder ein, dass Sam sie ja gar nicht sehen konnte.

»Wie spät ist es?«

Sam trug eine alberne Uhr, die im Dunkeln leuchtete. Lily hatte sich oft über sie lustig gemacht, aber jetzt war sie sehr froh darüber.

»Viertel vor drei.«

»Wo bleibt Jay? Er ist sonst nie zu spät.«

»Vielleicht hat er's nicht rausgeschafft.«

»Wie lange wollen wir warten?«

»Lassen wir ihm Zeit bis drei und dann schauen wir, wie kalt uns ist.«

Lily fühlte sich jetzt schon vollkommen erfroren. Sam verschränkte ihren Arm mit Lilys, und sie kuschelten sich aneinander. Der Minutenzeiger auf Sams Uhr berührte gerade die Zwölf, als Jays Taschenlampenlicht auf sie zuhüpfte. Lily machte ihre ein paarmal an und aus, um ihm zu signalisieren, wo sie waren.

»Tut mir echt leid, mein Bruder ist aufgewacht, als ich gerade gehen wollte. Ich musste ihn bestechen, damit er mich nicht verpetzt.«

»Brüder«, sagte Sam mitfühlend.

»Sind wir so weit?«

»Los geht's.«

Drei wackelnde Lichtstrahlen zeigten auf die Bronzeplakette an der Bank.

»*Im Herzen bleiben wir vereint*«, las Lily.

»*Das Meer uns zu entzweien scheint*«, führte Sam fort und lächelte Lily warmherzig an.

Nervös gingen sie zu der dritten Bank in der Reihe über.

»*Wenn die Gefahr sich nicht mehr rührt*«, las Jay.

»*Bist du das Licht, das mich heimführt!*« Mit einem zufriedenen Grinsen wandte sich Lily zu ihren Freunden um.

»Du hattest recht! Es sind Paarreime!«

»Lies es noch mal. Ich will es aufschreiben, falls ich es vergesse«, sagte Lily, während sie Zettel und Stift aus ihrer Tasche fischte.

Jay hielt seine Taschenlampe hoch, damit Sam das Gedicht noch einmal laut und langsam vorlesen konnte. Costello setzte sich zitternd auf Lilys Füße und sah sie mit traurigen Augen an. Lily schrieb das Gedicht auf und steckte den Zettel wieder weg.

»Klingt immer noch religiös, finde ich«, sagte Jay. »Licht und Führung und so. Das ist sehr kirchlich.«

Lily runzelte die Stirn. Sie hatte das Gefühl, dass die Lösung des Rätsels schon irgendwo in ihren Gedanken umherschwebte – und doch außer Reichweite war.

DREISSIG

»Lily!«

Lily schoss aufrecht in die Höhe und sprang aus dem Bett, dabei verhedderte sie sich in ihrer Decke und fiel mit dem Gesicht voran auf den Boden. Sie fing sofort an zu zittern. Es war eiskalt! Sie sah sich um und stellte fest, dass ihr Fenster offen war, das Buch von gestern Nacht steckte noch dazwischen. Sie zog es heraus und schloss das Fenster, als ihre Mum gerade ins Zimmer marschiert kam.

»Ich rufe schon eine halbe Ewigkeit, hast du mich nicht gehört? Du kommst noch zu spät zur Schule.«

Lily wurde undeutlich bewusst, dass es ununterbrochen klingelte, also haute sie verschlafen auf den Wecker, damit er ausging. Als sie die Uhrzeit sah, japste sie laut auf.

»Es ist ja eiskalt hier drinnen! Lässt das Fenster die ganze Wärme raus?«

»Keine Ahnung«, sagte Lily, während sie wahllos nach Klamotten griff und sie überzog.

»Nun, dann sollten wir gucken, ob es wärmer wird. Ansonsten muss ich jemanden rufen.«

»Okay«, sagte Lily. Sie rieb sich mit einer Hand den Schlaf aus den Augen und steckte mit der anderen ihre Sachen in die Schultasche.

***

Sie schlitterte genau in dem Moment in die Schule, in dem es klingelte. Wäre sie nicht mit Ms Bruce zusammengestoßen, hätte sie es vermutlich noch pünktlich geschafft. Sie prallte zurück und verlor fast den Halt. Ms Bruce blickte auf den kleinen Asteroiden von einem Kind, der mit ihr kollidiert war, und verzog angewidert das Gesicht.

»Lily Hargan, auf den Gängen wird nicht gerannt.«

Lily versuchte, normal zu wirken. »Tut mir leid, Ms Bruce. Ich wollte nicht zu spät kommen.«

»Nun, wenn du etwas früher hier wärst, könntest du pünktlich sein, ohne die Regeln zu brechen.«

Ms Bruce verzog das Gesicht, als würde dieses Zusammentreffen alle Zweifel bestätigen, die sie in Bezug auf Lily hatte. Sie beugte sich herunter, sodass ihr Gesicht ganz nah an Lilys war.

»Weißt du«, sagte sie mit hochgezogener Augenbraue, »dass du zwei verschiedene Schuhe trägst?«

Lily sah nach unten. Ms Bruce hatte recht. Immerhin waren es zwei schwarze Schuhe und sogar recht ähnliche, aber unbestreitbar die Hälften von zwei verschiedenen Schuhpaaren. Sie lief knallrot an. Dann straffte sie die Schultern.

»Ich probiere einen neuen Look aus. Schön, dass es Ihnen aufgefallen ist.«

»Darf ich vorschlagen, dass du deine Experimente in Zukunft außerhalb der Schule durchführst?«

»Natürlich, Ms Bruce. Tut mir leid.«

»Dann los. Du bist spät dran.«

Lily setzte eine angemessen reuevolle Miene auf, bis sie Ms Bruce den Rücken zugewandt hatte, dann erlaubte sie sich ein Augenrollen. Sie entschuldigte sich bei Ms Hanan und setzte sich erschöpft auf ihren Stuhl. Sam und Jay schenkten ihr ein schwaches Lächeln. Sie sahen schrecklich aus, vermutlich genauso wie Lily.

In der Pause ging Lily wieder zu Ms Hanans Klassenraum. Sam und Jay waren schon dort und saßen zusammengesackt auf Stühlen. Ms Hanan goss Tee ein.

Sam hob den Kopf vom Tisch und lächelte Lily an. »Ich mag deine Schuhe. Ist ein gewagter Look.«

Lily lachte und setzte sich neben sie. »Große Worte von einer Schlafmütze, die ihr Shirt falsch herum anhat.«

Sam sah nach unten. »Oh nein.« Sie gab Jay einen Klaps auf die Schulter. »Danke für den Hinweis, Kapitän Aufmerksam.«

Jay zuckte mit den Schultern. »Sam, meine Augen sind noch halb zu. Ist doch klar, dass mir da nichts aufgefallen ist.«

»Geht es euch dreien gut?«, fragte Ms Hanan. »Ihr bereitet mir langsam ein wenig Sorge.«

»Das ist nicht nötig«, antwortete Sam. »Wir sind nur sehr beschäftigt.«

»Wir arbeiten an einem Geheimnis«, fügte Jay hinzu.

»Ich verstehe.«

Lily holte das Gedicht aus ihrer Tasche und legte es auf den Tisch. Sie rieben sich die Augen und beugten sich vor.

Ms Hanan lachte. »Oh, eine Art Rätsel! Versteht mich nicht falsch, ich freue mich darüber, dass ihr so großes Interesse an Paarreimen habt, aber mir gefällt es gar nicht, dass ihr deshalb die ganze Nacht wach bleibt.«

»Ein Rätsel?«, fragte Lily. »Heißt das, Sie kennen die Antwort?«

»Ich denke schon. Ich hätte jedenfalls eine Idee.«

»Und was ist es?«, wollte Sam wissen.

»Also, wo wäre denn da der Spaß? Ich dachte, *ihr* wolltet das Geheimnis lösen, was es auch ist.«

»Ms Hanan, es ist wichtig!«

Ms Hanan verschränkte die Arme und lächelte amüsiert. »Ihr werdet es selbst herausfinden, versprochen.«

»Hat es etwas mit der Kirche zu tun?«, fragte Jay.

»Hmm, ich kann nachvollziehen, wie du darauf kommst, aber ich glaube, es ist was anderes. Du denkst zu abstrakt. Denkt an Ockhams Rasiermesser.«

»Was ist Ockhams Rasiermesser?«, fragte Lily.

»Es besagt, dass die einfachste Lösung oft die richtige ist«, sagte Jay. »Aber was hat das mit dem Gedicht zu tun?«

»Das heißt, ihr denkt zu kompliziert. Denkt einfacher, *w*örtlich«, sagte Ms Hanan.

Lily ließ sich die Worte durch den Kopf gehen. *Einfacher. Einfacher. Einfacher.* Ihr Kopf schnellte hoch und sie stieß ein überraschtes Lachen aus.

»Natürlich! Wir haben wirklich zu kompliziert gedacht. Die Antwort war die ganze Zeit über vor unserer Nase.«

»Was ist es denn?«

Lily sah aufgeregt aus dem Klassenfenster.

»Der Leuchtturm.«

EINUNDDREISSIG

Es hatte gerade angefangen zu regnen, als Lily hörte, dass Ms Bright nach Hause durfte. Schon die ganze Woche über hatte sich ein Sturm angekündigt: Der Himmel war tagsüber dunkel geblieben und die Wolken hatten sich tief am Himmel gesammelt. Sie wirkten wie der Deckel auf einem Topf, der kurz vorm Überkochen ist.

Trotz der Kälte fühlte sich die Luft stickig und drückend an. Lily wusste, dass etwas im Anmarsch war. Sie spürte es an dem Kribbeln auf ihrer Haut und dem Schwirren in ihrem Hinterkopf.

Diesen Morgen waren dann endlich die ersten eiskalten Regentropfen gefallen. Lilys Mum sah auf, als sie hörte, wie sie an das Küchenfenster klopften, und atmete erleichtert aus.

»Gott sei Dank, wir brauchen einen guten Sturm! Die Stadt ist diese Woche schon ganz verrückt geworden.«

Noch fiel der Regen langsam, nur wenige dicke Tropfen schafften es bis an die Scheibe, aber Lily konnte sehen, wie der Himmel dunkler wurde und das Meer sein wütendes Violett widerspiegelte. Lilys Mum lächelte. Sie hatte Gewitter schon immer geliebt und diese Liebe auch an Lily weitergegeben.

Oft saßen sie dann bei Kerzenlicht unter einer warmen Decke, spielten Karten oder Brettspiele und genossen das Spektakel, wenn der Sturm durch die Stadt zog. Aber bei diesem Unwetter hatte Lily ein ungutes Gefühl. Vielleicht lag es daran, dass sie so nah am Meer waren.

»Oh, das hätte ich fast vergessen – ich habe heute eine gute Neuigkeit gehört«, sagte Lilys Mum, während sie in dem Topf auf dem Herd rührte. »Ms Bright darf nach Hause.«

Lily stieß ihr Glas um und verteilte das Wasser auf dem ganzen Tisch.

»Oh, meine Güte, Lily. Kannst du nicht aufpassen?«

»Sie darf nach Hause? Wann?«

»Morgen, glaube ich. Es geht ihr viel besser. Ist das nicht schön? Sie wird an Weihnachten zu Hause sein.«

Lily versuchte, ihre Gedanken zu beruhigen. »Ja, das ist toll.«

Sie schnappte sich ein Geschirrtuch und wischte das Wasser vom Tisch. Ein lautes Donnern ließ sie aufschrecken – so laut, dass die Scheibe im Fensterrahmen wackelte. Ihre Mum grinste.

»Na also, es geht los.«

Lily setzte sich und wartete kurz, damit die Gedanken ihrer Mum sich von Ms Bright entfernen konnten. Dann machte sie ein schmerzverzerrtes Gesicht, rannte ins Bad und setzte sich auf die Badewannenkante, wo sie ein auffälliges Würgen ausstieß. Ihre Mum klopfte sanft an die Tür.

»Lily, alles in Ordnung?«

Lily betätigte die Toilettenspülung und hielt die Hände unter kaltes Wasser, bevor sie ihr Gesicht befeuchtete, um klamm und krank auszusehen. Sie öffnete die Badezimmertür mit dem elendsten Blick, den sie aufbringen konnte.

»Ich fühle mich nicht gut.«

Lilys Mum berührte kurz ihre feuchte Stirn.

»Oh, Süße. Müssen wir zum Arzt gehen?«

Lily schüttelte den Kopf. »Ich glaube nicht. Ich würde mich aber gern eine Weile hinlegen. Ist das in Ordnung?«

»Natürlich. Na komm, stecken wir dich ins Bett.«

Lily war mit einer Wärmflasche und einem Glas Ginger Ale ins Bett gekuschelt. Dort lag sie eine Zeit lang ganz ruhig. Es war gemütlich, vor allem mit dem Sturm, der draußen tobte. Sie könnte auch einfach hierbleiben. Lily zog sich die Decke über den Kopf. Aber es hatte keinen Sinn, sie *musste* gehen!

Sie warf die Decke beiseite und schlich sich auf die andere Seite des Zimmers, wo noch immer ihre warmen Kleider vom Abenteuer letzte Nacht herumlagen. Sie gratulierte sich dazu, so unordentlich zu sein. Dieses Mal zog sie erst die Socken an, dann die Pullover. Ihr Regenmantel war gelb, nicht gerade die unauffälligste Farbe, aber wenn man den Himmel so betrachtete, würde sie ihn definitiv brauchen.

Sie schob ihr Fenster auf und kletterte zur Regenrinne. Der Kratzer an ihrer Hand brannte bei jeder Berührung. Es war zwar leichter, bei Tageslicht zu klettern, aber der Regen und die Kälte machten das Rohr noch rutschiger. Sie war froh, als sie unter ihren Füßen den angeknacksten Rosenbusch ihrer Mum spürte.

Sie drückte sich an die Hauswand und duckte sich unter dem Küchenfenster hindurch. Sie betete, dass niemand vorbeigehen und ihr winken würde. Ein starker Windstoß rüttelte das Haus und sprühte Lily ein paar Meeresspritzer ins Gesicht.

Sie hüpfte über die Mauer, die ihr Grundstück von Sams trennte, und hob eine Handvoll Kies auf. Dann blickte sie zu Sams Fenster hoch und wiegte die Steinchen in der Hand. Das gehörte absolut nicht zu ihren Talenten: Treffen würde sie, aber sie war nicht gerade für ihre Sanftheit bekannt.

Sie atmete tief durch, hoffte, dass sie mit ihrem Wurf nicht die Fensterscheibe zerschmettern würde, und holte weit aus. Der Stein prallte am Glas ab und fiel herunter. Lily wartete ungeduldig. Keine Reaktion. Dann warf sie noch einen. Wieder nichts. Sie setzte zu einem neuen Wurf an, und gerade als der Kiesel ihre Hand verließ, öffnete Sam das Fenster. Sie musste dem Geschoss ausweichen und wedelte mit den Händen, wie um zu sagen: Lass den Blödsinn!

Lily winkte sie herunter. Sam weitete die Augen und zeigte zum Himmel. Lily flehte sie mit ihren Blicken an. Sam rollte übertrieben die Augen und verschwand vom Fenster. Lily drückte sich wieder an die Gartenmauer und hockte sich hin, nur für den Fall, dass ihre Mum aus dem Fenster sah.

Das Herz schlug ihr bis zum Hals, als Sam mit einem Bettlaken in der Hand wieder auftauchte, das sie irgendwo festzuknoten schien. Sie zog einmal fest daran, sah Lily entsetzt an und warf es dann nach unten. Es reichte nicht ganz bis auf den Boden, kam aber nah genug dran.

Lily hielt die Luft an, als ihre Freundin das Laken packte und langsam herunterkletterte. Einen Moment später hingen ihre Füße etwa einen Meter über dem Boden. Sie ließ los, verlor beim Landen aber das Gleichgewicht und fiel mit einem genervten Uff! auf den Rücken.

Lily lief los, um nach ihr zu sehen, wurde aber von Costello geschlagen, der es für das Hilfreichste hielt, sich auf Sams Brust zu setzen und ihr Gesicht abzuschlecken. Unter ihm ruderte Sam mit den Armen.

»Runter! Dummer Hund! Ich lasse einen Hut aus dir machen!«

Lily unterdrückte ein Lachen und nahm Costello am Halsband, um ihn von Sam herunterzuziehen und ihn durch die Hundeklappe zurück ins Haus zu schieben.

»Ich hoffe, du hast einen guten Grund für das hier, Hargan.«

»Das Gegenteil von gut: Ms Bright darf nach Hause.«

Sams Augen wurden groß. »Wann?«

»Morgen, meinte Mum jedenfalls. Und wenn sie rauskommt, wird sie fliehen.«

Sam zitterte. »Wenn Snyde sie nicht vorher noch erwischt.«

»Genau. Wenn wir diesen geheimen Schatz finden wollen, muss es heute Nacht geschehen. Sonst ist sie weg und wir werden ihr niemals erzählen können, was es ist.«

Sam sah aufs Meer hinaus, wo die Wellen wütend ans Ufer schlugen. Der Wind fegte die Wolken über den dunklen Himmel. »Klar. Natürlich muss es heute Nacht sein.«

Lily wurde das Herz schwer. Sie dachte daran, wie sie das Museum zuletzt vorgefunden hatten: mit glänzendem Glas und alle Gegenstände liebevoll aufpoliert. Sie warteten nur darauf, dass jemand zu ihnen zurückkehrte.

»Wir können nicht zulassen, dass Emily alles aufgibt. Es ist genau, wie sie gesagt hat. *Hier* ist ihr Zuhause. Wir müssen rausfinden, was passiert ist. Vielleicht kann sie dann bleiben.«

Sam nickte. »Lass uns Jay holen.« Sie fischte ihr Handy aus ihrer Tasche. »Das habe ich heute zurückbekommen. Ich bin jetzt offiziell wieder Teil der modernen Welt. Nur glaube ich, dass Jay das noch nicht ist.«

Sam rief mit unterdrückter Nummer bei Jay zu Hause an. Mit etwas Glück würde Jay abheben. Es klingelte zweimal und Lily stöhnte auf, als Jays Mum dranging. Einen Moment lang schwieg Sam, dann nickte sie Lily entschlossen zu und bedeckte den Hörer mit ihrem Schal.

»Hallo, hier spricht Ms Hanan aus der Schule. Wäre es möglich, dass ich mit Jay über einen seiner Aufsätze spreche, bitte?«

Ihre Stimme klang hoch und lächerlich. Lily hatte noch nie jemanden gehört, der weniger erwachsen klang. Sie musste sich ihre Mütze zwischen die Zähne schieben, um nicht laut zu lachen. Sam boxte gegen ihre Schulter, während auch sie sich das Kichern verkneifen musste. Sie wartete einige Sekunden.

»Oh, hallo, Jay. Hier ist deine absolut liebste Lehrerin auf der ganzen weiten Welt.« Dann sagte Sam in ihrer normalen Stimme: »Natürlich bin ich nicht Ms Hanan, du Clown. Ich bin's. Hör zu, du musst rauskommen. Ms Bright wird aus dem Krankenhaus entlassen. Triff uns in zehn Minuten an der Bank.« Stille. »Ich weiß nicht, kletter aus dem Fenster. So haben es Lily und ich gemacht. Nein, im Ernst. Haben wir. Okay. Bis gleich.«

Sie steckte das Handy wieder ein und sah Lily augenrollend an. »Also echt mal, Jungs sind so feige. Bereit?«

»Nicht mal ansatzweise.«

»Ich auch nicht. Lass uns gehen.«

Sie sprangen über die Mauer und ließen Sams Laken im Wind wehend hinter sich. Bis ihre Dads es entdecken würden, hätten sie genug Vorsprung.

ZWEIUNDDREISSIG

Als die drei bei der Bank ankamen, schwappten die Wellen schon über den Damm. Lily war trotz ihres Regenmantels klitschnass. Der Wind drohte, sie allesamt über den Damm zu wehen, also duckten sie sich tief und kämpften gegen den Sturm an. Sie hielten sich an den Händen und versuchten, ihre salzigen, rutschigen Finger ineinander zu verschränken.

»Das ist doch verrückt!«, brüllte Jay.

Der Wind peitschte seine Worte davon, der grölende Donner übertönte ihn. Daher hörten sie ihn kaum. Ein Blitz durchbrach den Himmel. Lily zählte: eins, zwei – wums! Der Sturm war genau über ihnen. Eine Welle kam über den Damm und verschlang sie alle für einen Moment. Lily schrie, bereute es aber sofort, als sich ihr Mund mit Wasser füllte. Sie prustete, spuckte es aus und schrubbte sich mit dem Handrücken über die Zunge.

Der Leuchtturm befand sich am Ende der Promenade, auf der Spitze eines Hügels. Der Pfad vor ihnen war bedeckt mit Algen und feuchtem Gras und wäre auch ohne Sturm extrem rutschig gewesen, jetzt war er nahezu unpassierbar. Sie überquerten ihn in kleinen Seitwärtsschritten wie eine Reihe Krabben. Immer wieder mussten sie stehen bleiben und dem Meer den Rücken zuwenden, um sich gegen besonders starke Wellen zu wappnen. Lily war noch nie in ihrem Leben so durchnässt gewesen.

Vom Strand aus hatte der Leuchtturm so winzig und süß ausgesehen wie auf einer Postkarte, aber aus nächster Nähe ragte er gigantisch vor ihnen auf. Seine Oberfläche war pelzig vom nassen Moos, und bei jedem rasenden Windstoß ächzte der ganze Turm. Lily schützte ihre Ohren mit den Händen und reckte den Hals, um zur dunklen Laterne des Leuchtturms hinaufzuspähen.

»Das ist der perfekte Ort, um etwas zu verstecken«, brüllte sie über den Sturm hinweg.

»Ich weiß«, schrie Sam. »Genau vor der Nase und doch versteckt.«

Sie tasteten sich am Leuchtturm entlang, bis sie auf etwas stießen, das einmal eine Tür gewesen sein musste. Sie war vor lauter Seepocken und Rost ganz verkrustet und von Algen und Moos bedeckt wie der Rest des Gebäudes. Lily ließ die Hand über die Tür wandern, bis ihre Finger einen riesigen Metallring fanden. Als sie ihn drehte und an ihm zog, machte es ein widerliches Sauggeräusch. Aber die Tür blieb fest verschlossen. Lily zog wieder und wieder, aber ohne Erfolg. Die Tür klemmte. Sam und Jay griffen ebenfalls nach dem Ring. Da schnitt Sam eine Grimasse.

»Igitt! Das ist so schleimig.«

Lily rümpfte zustimmend die Nase, bevor sie einen Fuß an die Wand stemmte.

»Auf drei? Eins, zwei, drei!«

Sie zogen mit ihrem ganzen, vereinten Körpergewicht daran. Qualvoll krächzend öffnete sich die Tür einen Spalt. Der reichte schon. Sie zwängten sich hindurch in den Turm.

Im Inneren wurde der Lärm des Sturms abgedämpft, das Heulen des Windes klang wehklagend und weit entfernt.

»Wir sind seit hundert Jahren vermutlich die ersten Menschen hier drinnen«, flüsterte Sam.

Lily holte die Taschenlampe aus ihrem Regenmantel hervor und richtete sie auf die Wendeltreppe. Die war vermutlich schon in nagelneuem Zustand gefährlich gewesen, aber die einsamen Jahre hatten Spuren hinterlassen und sie in eine Todesfalle verwandelt: Sie war schmal und gewunden, ein paar Stufen waren vollkommen durchgerostet. Lily legte die Hand an das Geländer und zog, es schwankte unter ihrem Griff. Nicht besonders vertrauenerweckend. Sie wandte sich an ihre Freunde.

»Langsam«, einigten sie sich.

Lily ging voran, die Hand fest am Geländer. Auf einer so steilen Treppe war selbst ein defektes Geländer besser als keins. Bevor sie ihr ganzes Gewicht auf eine Stufe verlagerte, testete sie sie mit den Zehen und ließ die Stufen aus, die unter ihr wackelten. Wenn sie hochsah, wurde ihr schwindlig, also konzentrierte sie sich auf jeden einzelnen Schritt und versuchte, dabei nicht an den rasenden Sturm zu denken, der das alte Bauwerk zum Ächzen brachte.

»Langsam wird mir schlecht vom ganzen Drehen«, jammerte Sam.

»Mir auch«, entgegnete Lily. »Wie haben die das früher geschafft?«

Sie blieb so abrupt stehen, dass Sam ihr mit einem kleinen Aufschrei in den Rücken lief.

»Was ist los? Warum hast du angehalten?«

Lily lehnte sich zur Seite, damit Sam und Jay sehen konnten, was vor ihnen war: eine Tür. Sie stieß sie auf und trat vorsichtig ein.

»Oh, wow«, sagte sie und konnte die Freude in ihrer Stimme nicht verbergen.

»Ist es ein Diamant?«, fragte Sam, die hinter ihr hereinkam.

»Nicht ganz. Aber sieh mal.«

Sie befanden sich im Quartier des Leuchtturmwärters. Die Holzdielen mussten einmal glatt gewesen sein, waren nun aber ganz stumpf vor Alter und Salz. Der gemusterte Teppich war mottenzerfressen. In einer Ecke stand ein Sessel, dessen Polsterung aus den Nähten platzte, und auf der Sitzfläche war ein Möwennest. Es gab einen winzigen Ofen, einen gusseisernen Wasserkessel und einen Haufen lang vergessener Bücher.

»Das ist das Coolste, was ich je gesehen habe«, sagte Lily.

Regen schlug an das Fenster am anderen Ende des Raums. Lily wischte den Dreck von der Scheibe und sah hinaus. Nichts als Schwärze.

»Bei Tageslicht muss es hier wunderschön sein.«

»Und wenn draußen nicht gerade der Sturm tobt«, sagte Jay.

Wie zur Bestätigung schüttelte sich das Gebäude einmal kräftig.

»Okay«, sagte Lily. »Wir nehmen an, dass hier etwas versteckt ist. Entweder ein weiterer Hinweis oder …«

Sie konnte kaum daran glauben, geschweige denn es laut aussprechen.

»Oder ein Diamant, so groß wie eine Faust«, sagte Sam trocken.

»Genau. Also sollten wir uns umsehen.«

Sie zogen Schubladen auf und sahen in dem Ofen und dem Kessel nach. Sie schoben den Teppich beiseite und blätterten die durchweichten Bücher durch. Sie suchten hinter den Bilderrahmen an der Wand nach Geheimfächern. Obwohl das Zimmer schon ewig verlassen war, wurde Lily das Gefühl nicht los, dass sie die persönlichen Sachen einer Person durchwühlten – dass jederzeit der Leuchtturmwärter hereinplatzen und fragen könnte, was sie hier taten. Es war ein kleines Zimmer, daher brauchten sie nicht lange, um es zu durchsuchen. Aber sie fanden auch nichts.

»Scheint, als müssten wir weitermachen«, sagte Jay.

»Scheint so.«

Lily durchquerte den Raum und öffnete die Tür. Sofort bereute sie, dass sie sich über die Wendeltreppe beschwert hatte. Vor ihr führte eine Holzleiter nach oben. Sie drehte sich um und sah, wie ihre Freunde sie genauso gequält betrachteten wie sie. Vorsichtig legte sie eine Hand an die Sprosse vor ihrer Nase. Das Holz war feucht und aufgequollen. Als sie zupackte, zog sie sich einen Splitter zu. Lily trat zögerlich auf die unterste Sprosse. Die ächzte zwar, hielt aber stand. Sie steckte sich die Taschenlampe zwischen die Zähne und nickte ihren Freunden zu, die ihr zögerlich hinterherkletterten.

Je höher sie kamen, desto lauter wurde der Lärm des Sturms, und Lily bemerkte, dass es auch kälter wurde. Der Lichtstrahl ihrer Taschenlampe fiel auf eine hölzerne Falltür in der Decke. Sie war ganz schief und krumm. Lily stemmte sich mit der Schulter dagegen und drückte, wobei Flechten und Holzspäne auf die Gesichter ihrer Freunde herabregneten. Sie husteten unter ihr.

»Sorry«, sagte sie mit der Taschenlampe im Mund.

Die Falltür ächzte, gab nach und fiel mit einem Knall auf die andere Seite. Lily zog sich durch die Lücke, bevor sie Sam und Jay hindurchhalf. Sie wischte den Griff ihrer Taschenlampe ab und schwang sie umher. Sie waren im Leuchtfeuerraum. Durch die dreckigen Fenster auf der einen Seite konnte man nur Dunkelheit sehen – auf der anderen Seite funkelten die Lichter der Stadt in der Ferne. Lily hatte das Gefühl, sie wären ewig nach oben geklettert, aber die dunklen Bewegungen draußen verrieten ihnen, dass die Wellen ihnen bis hier oben gefolgt waren. Sie schlugen kräftig ans Fenster.

In der Mitte des Raums war das alte Leuchtfeuer. Und in dem Gehäuse, in dem früher vermutlich das Öl verbrannt war, lag ein Diamant.

DREIUNDDREISSIG

»Ach du meine Güte«, hauchte Lily.

Sie versuchte, einen Schritt vorwärtszugehen, fühlte sich wie verwurzelt mit dem alten Boden. Sie richtete ihre Taschenlampe bebend auf den Diamanten. Er fing das Licht ein und warf es als tanzende, bunte Sterne an die Wände des Turms. Eine riesige Welle schlug hinter ihnen ans Fenster, aber sie bemerkten es kaum. Sams Hand landete auf Lilys Schulter und schob sie sanft vor.

»Geh schon«, flüsterte sie, war sich aber nicht sicher, warum. »Geh und hol ihn.«

Lily trat schlurfend vor. Der Diamant zwinkerte ihr in dem funkelnden Licht verschmitzt zu. Sie hob den Edelstein heraus. Er fühlte sich schwer und kalt an. Lily drehte sich ehrfurchtsvoll zu ihren Freunden um.

»Es ist ein Diamant«, sagte sie.

»Ein richtiger Diamant«, sagte Jay.

»Ein richtiger Diamant!«, rief Sam.

Sie kreischten, lachten laut und sprangen brüllend auf und ab und ignorierten das protestierende Ächzen des uralten Holzes unter sich.

»Wir müssen ihn zu Ms Bright bringen. Wenn die Erwachsenen ihn sehen, werden sie endlich verstehen, dass wir die Wahrheit sagen. Dann werden sie uns einfach alles glauben müssen.«

»Ach, meinst du?«, ertönte eine Stimme hinter ihnen.

Sie drehten sich gleichzeitig um und schrien. Der Sturm war so laut geworden, dass sie nicht gehört hatten, wie die Leitersprossen unter ihnen geächzt hatten. Snyde kletterte in den Raum, und seine Augen leuchteten gierig, als er den Diamanten entdeckte. Die drei Kinder drängten sich an die Scheibe und schoben sich an der runden Wand entlang, sodass das Leuchtfeuer sich stets zwischen ihnen und Snyde befand. Lily drückte den Diamanten schützend an ihre Brust.

»Ja«, zischte er. »Ich *wusste* es. Süße, verlogene kleine Joanie McCrae. Wie clever von ihr, ihn hier oben für ihre Mädchen zu verstecken. Und wie clever, dass ihr ihn gefunden habt. Eine Schande, dass ihr ihn nicht behalten dürft.«

Sam trat vor. Lily warf ihr einen panischen Blick zu. Aber Sam schenkte ihr ein kleines Lächeln. Ihr Gesicht war weiß, ihr Blick nach vorn gerichtet und ihre Hand bewegte sich kaum merkbar in ihrer Tasche.

»Was wollen Sie denn tun?«, fragte sie. »Uns einfach töten und hier im Leuchtturm zurücklassen, bis uns jemand findet?«

Snyde lachte unfreundlich. »Es hat über hundert Jahre gedauert, bis jemand diesen Diamanten hier oben gefunden hat. Ich glaube nicht, dass man euch hier oben suchen wird. Eure Eltern werden leere Särge beerdigen müssen, genau wie Emily und Caitlyn es bei ihrer Mutter getan haben, die Armen.«

»Sie haben Emilys Mum hier oben nicht gefangen gehalten. Hier ist keine Leiche.«

»Ich habe sie gar nicht hier hochzerren müssen. Ich habe dafür gesorgt, dass sie zu einer der Höhlen rudert, in einer Nacht, ganz ähnlich wie diese. Sie hat mir direkt in die Augen gesehen und geschworen, sie wüsste nicht, wo der Diamant sei. Ich erinnere mich noch an den Blick in ihren Augen, als ich sie geschubst habe.«

Lilys Augen füllten sich mit Tränen. Das Meer grölte von allen Seiten, Wellen schlugen an die Fenster des Raums. Noch nie hatte sie so große Angst gehabt wie in diesem Moment. Lily bemerkte etwas, das sie erleichtert aufatmen ließ. Stirnrunzelnd drehte Snyde sich um, um zu sehen, wo Lily hinblickte.

Ein kleines, blinkendes Blaulicht war draußen zu erkennen und kam über die Küstenstraße auf sie zu. Snyde schritt vorwärts, um Sam am Handgelenk zu packen und ihre Hand aus der Tasche zu zerren. Sie hielt ihr Handy in der Hand, die Verbindung zur Polizei war noch aktiv. Zornig entriss Snyde es ihr und warf es auf den Boden, dann trat er mit dem Absatz seines Stiefels auf den Bildschirm. Er schob den Mantel zurück und zog das lange Messer aus seinem Gürtel. Sam versuchte, ihr Handgelenk freizubekommen, aber Snyde hielt sie nur lachend fest. Sie fuchtelte mit Armen und Beinen, versuchte, ihn zu kratzen, gegen seine Schienbeine zu treten – irgendetwas, damit er sie loslassen würde. Hinter ihm kam das Blaulicht nur qualvoll langsam näher.

Snyde hielt Sam eine Armlänge entfernt und blickte lachend nach hinten.

»Das war eine gute Idee, Kleine. Das muss ich zugeben. Aber es wird nichts bringen. Bis sie hier ankommen, bin ich schon lange weg. Niemand wird euch retten.«

Lily begriff, dass er recht hatte. Niemand würde sie retten. Also würden sie es selbst tun müssen! Snyde sah ihr Lächeln und runzelte die Stirn, in seiner Verwirrung hielt er inne. Lily wandte sich dem schwarzen Meer zu und setzte zum Wurf an. Rasend vor Wut verzog Snyde das Gesicht und ließ Sam los, bevor er sich auf Lily stürzte. Doch er war zu langsam. Lily warf den Diamanten mit voller Kraft gegen das Glas. Die Scheibe zerbrach und der Edelstein stürzte in die Dunkelheit hinab.

»Nein!«, schrie Snyde und rannte zum kaputten Fenster.

Eine Welle schwappte in den Raum und zog sie alle von den Füßen. Snyde verlor das Messer. Lily rang nach Atem und spuckte das eiskalte Salzwasser aus, sie streckte verwirrt die Arme nach ihren Freunden aus.

»Wir müssen hier verschwinden!«, rief sie.

Snyde griff verzweifelt nach dem Messer, während er sich das Wasser aus den brennenden Augen wischte und alle möglichen Drohungen ausspuckte. Sie eilten die Leiter hinunter, wobei ihre Füße auf den nassen Sprossen wegrutschten und sie mehr fielen als kletterten. Lily zog ihre Freunde in das Zimmer des Leuchtturmwärters, schlug die Tür zu und stieß das Bücherregal davor, um eine Barrikade zu errichten. Gerade als sie an der zweiten Tür ankamen, blickte sie sich um und sah Snydes Messer durch das verrottete Holz hacken.

»Los!«, brüllte sie. »Los! Los!«

Eine gefühlte Ewigkeit rannten sie die Wendeltreppe hinunter, Runde um Runde. Lily schrie, als ihr Fuß durch eine Stufe brach und sie fiel. Dabei verrenkte sie sich das Handgelenk und stieß gegen Sam, sodass sie alle zusammen krachend zu Boden fielen. Atemlos landete sie auf allen vieren und bemerkte mit einem erleichterten Aufschrei, dass sie ganz unten angekommen waren. Snydes Schritte knarzten laut hinter ihnen. Lily packte ihre beiden Freunde an den Kapuzen und zog sie auf die Füße. Endlich rannten sie aus dem Leuchtturm hinaus in die eisige Kälte.

Lily fiel auf Hände und Knie, sie hustete Meerwasser aus und schnappte gierig nach Luft. Sie hörte, wie jemand ihren Namen rief, und sah von Weitem ein paar wütend dreinblickende Eltern und eine sehr besorgte Bibliothekarin auf sie zulaufen. Ein Paar außerordentlich glänzender Schuhe stürzte an ihr vorbei, und sie erkannte das breite, unerfreute Gesicht von Sergeant Bruce. Es schien ihr nicht der richtige Moment für ein *Ich hab's ja gesagt* zu sein. Sie lächelte ihn schwach an und rollte sich auf den Rücken. Sie wollte sich nur eine Minute lang ausruhen. Der Wind heulte weiter und peitschte die Wellen über ihr an die Küste. Lily erkannte, dass der Sturm langsam nachließ. Sie konnte die Sterne sehen.

VIERUNDDREISSIG

Lily, Sam und Jay hatten sich schrecklich erkältet. Und wie sich herausstellte, hatte Lily sich außerdem das Handgelenk gebrochen. Nur wenige Stunden später war es blau angelaufen und stark angeschwollen. Lily war ziemlich stolz darauf. Sie fand, dass es sie taff aussehen ließ. Alle drei hatten Hausarrest bis ans Ende des Jahrhunderts.

Snyde war festgenommen worden. Sams cleveres Manöver hatte dafür gesorgt, dass die Polizei sein ganzes Geständnis gehört hatte. Nicht mal Sergeant Bruce konnte das ignorieren.

Ms Bright war an dem Abend vom Krankenhaus nach Hause gefahren. Sie hatte auf einer frühzeitigen Entlassung auf eigene Verantwortung bestanden. Vom Fenster ihres Taxis aus hatte sie ein Taschenlampenlicht oben im Leuchtturm gesehen und war aus dem Wagen geklettert, um nachzuschauen, was da vor sich ging. Erschrocken hatte sie beobachtet, wie das Fenster des Leuchtfeuerraums zersprang, und sich mit erhobenen Armen vor den Scherben geschützt, die ihr entgegengeflogen waren. Sprachlos hatte sie auf dem Felsen gesessen und sich ein paar Glassplitter aus dem Haar gezupft, als auch schon Sergeant Bruce und die Eltern angekommen waren.

Als sie all das so rückblickend betrachtete, war Lily ziemlich erstaunt, dass ihre Mum einwilligte, zur Silvesterparty von Sams Eltern zu gehen. Ihre jährliche Feier war weltberühmt – nun ja, stadtberühmt jedenfalls. Sie zwängten immer viel zu viele Gäste in ihr Haus, hießen Freunde und alle möglichen Neuankömmlinge willkommen, die schließlich alle zusammen an den Strand zogen, um zu singen und von dort das Feuerwerk zu beobachten.

Lily warf sich Sam in die Arme, und Costello sprang sie aufgeregt an, wodurch alle drei kichernd zu Boden fielen. Es dauerte einen Moment, bis Lily begriff, dass etwas an Sam anders war.

»Sam«, sagte sie. »Du trägst ja ein Kleid.«

Sam zuckte nur selbstzufrieden mit den Schultern. »Facetten, Schätzchen. Wir alle bestehen aus Facetten.«

Lily grinste. »Du klingst genau wie dein Dad.«

Jay half ihnen auf, nur um sie dann beide durch die Luft zu wirbeln.

Das Haus war total überfüllt und immer wenn Lily dachte, dass niemand mehr reinpassen würde, wurde sie eines Besseren belehrt. Die ganze Stadt musste anwesend sein. In der Küche beschwerte sich Sergeant Bruce bei seiner Schwester über die vielschichtigen Probleme mit der Jugend von heute. Lily machte einen großen Bogen um sie. Im Flur bewunderte Ms Bright aufgeregt Ms Hanans glitzernden Verlobungsring. Im Wohnzimmer krümmte sich Lilys Mum vor Lachen, während Sams Papa Ms Bruce nachahmte. Alle waren glücklich.

Auf der Suche nach ein wenig Ruhe setzte Lily sich auf die Treppe. Die Musik dröhnte durch die Wand und sie lehnte den Kopf dagegen, um die sanfte Vibration durch ihren Körper fließen zu spüren. Fast entging ihr das leise Klopfen an der Tür. Sie blickte sich um, aber alle Erwachsenen schienen beschäftigt zu sein. Also stand sie selbst auf und öffnete die Tür. Eine Frau stand vor ihr, die Hände tief in den Taschen vergraben und auf ihrem Gesicht einen nervösen Ausdruck, der so gar nicht zu der wilden Party im Haus passte. Lily erkannte sie nicht, aber sie kannte wohl noch nicht alle in Edge.

»Tut mir leid, aber ich bin mir nicht sicher, ob ich hier richtig bin.«

Lily grinste. »Das sind Sie sehr wahrscheinlich. So ziemlich jeder auf der Welt ist hier drin.«

Die Frau lächelte sie zaghaft an. »Ich suche nach …«

»Caitlyn«, ertönte eine Stimme hinter Lily.

Lily blieb der Mund offen stehen.

»Emily.« Die Frau trat an Lily vorbei und griff nach Ms Brights Händen. »Hast du das wirklich ernst gemeint? Ist es wirklich vorbei?«

Ms Bright lächelte ihre Schwester mit glänzenden Augen an. »Es ist vorbei, wir sind endlich sicher!«

Caitlyn schlang die Arme um Ms Bright, und so standen sie für eine lange, lange Zeit da. Sam kam in den Flur getrottet. Ihre Augen leuchteten auf, als sie die beiden Frauen an der Türschwelle stehen sah.

»Ms Bright, ich wusste ja gar nicht, dass Sie eine Freundin haben!«, rief sie aus.

Lily lachte schnaubend.

»Nein, das ist …«, setzte Ms Bright an.

»Kommen Sie rein! Feiern Sie mit! Ich bin Sam, ich wohne hier.«

Sie streckte einer belustigten Caitlyn die Hand entgegen.

»Sehr nett, dich kennenzulernen, Sam. Ich bin Caitlyn.«

»Haha! Das ist ja ein lustiger Zufall, Ms Brights Schwester …«

Endlich bemerkte Sam Lilys wildes Gefuchtel. Und es machte klick. Da wurde sie knallrot und brach in albernes Gekicher aus.

»Caitlyn! *Die* Caitlyn! Oh wow, kommen Sie rein. Es ist so schön, Sie kennenzulernen.«

»Ich hoffe, es ist in Ordnung, dass ich meine Schwester eingeladen habe?«, fragte Ms Bright.

Sam drückte beruhigend ihren Arm. »Natürlich. Das ist doch eine Familienfeier.«

Pünktlich um Mitternacht hatten sich alle am Strand verteilt, wo Sams Papa das Feuerwerk entzündete und - immer wenn etwas schiefging - das besorgte Japsen seines Ehemanns ignorierte. Dann sangen alle gemeinsam eine schiefe Version von *Auld Lang Syne*.

»Meint ihr, dieses Lied ist in Paarreimen geschrieben?«, fragte Jay.

»Bitte nicht«, stöhnte Sam. »Ich hatte genug Paarreime für ein ganzes Leben.«

»Was soll das eigentlich? Warum können diese altmodischen Dichter nicht einfach sagen, was sie meinen?«, fragte Lily.

Sam legte den beiden jeweils einen Arm um die Schulter und drückte sie fest an sich. »Es geht um Freunde, du Kulturbanausin. Es geht um beste Freunde.«

Ms Bright stand allein am Ufer und beobachtete die Spiegelung des Feuerwerks auf dem Wasser.

»Frohes neues Jahr, Ms Bright!«

»Frohes neues Jahr, Lily.«

»Sehen Sie nach, ob Ihr Diamant angespült wurde? Ich halte ständig danach Ausschau.«

»Mein Diamant?«

»Der, den ich aus dem Leuchtturm geworfen habe.«

»Oh, Lily, tut mir leid, das hatte ich euch ja noch gar nicht erzählt! Der Diamant ist zusammen mit den Fensterscherben vor meine Füße gefallen – und zersprungen.«

Lily runzelte die Stirn. »Schade ... Moment ... ich dachte, ein Diamant würde nicht so einfach kaputtgehen.«

»Würde er auch nicht. Es war eine Fälschung.«

»Das verstehe ich nicht ...«

»Tut mir leid, Lily. Es hat wahrscheinlich nie einen Diamanten gegeben. Wie gesagt, es war nur eine alte Geschichte.«

»Nein, nicht das. Das verstehe ich. Aber warum sollte eine Schatzsuche mit einem gefälschten Diamanten enden?«

»Um dir zu zeigen, dass du am richtigen Ort bist. Denk nicht so wie Snyde. Diamanten sind nicht die einzigen Schätze auf der Welt.«

»Was war dann der richtige Schatz? Wissen Sie es?«

»Ich habe eine Hoffnung, ja.«

»Warum haben die Hinweise uns zum Leuchtturm geführt?«

»Damit er tun kann, was Leuchtturme eben tun.« Sie sah zu ihr herunter, und Lily erkannte, dass Tränen in ihren Augen glitzerten. »Jemanden nach Hause führen.«

FÜNFUNDDREISSIG

Die Sonne ging am Neujahrstag über der vernebelten Stadt auf. Die meisten Bewohner schliefen noch tief und fest, wahrscheinlich drehten sich einige noch einmal um und schworen sich, nie wieder zu so einer wilden Party zu gehen. Über den Straßen hing ein eiskalter Nebel, der alles in sanftes Licht tauchte. Der Horizont zwischen Himmel und Meer wurde immer undeutlicher, bis er schließlich ganz verschwand. Nach dem Sturm letzte Woche war die Luft frisch und kalt, die Brise ließ Lilys Haare fliegen, und sie schmeckte Salz auf ihrer Zunge. Im Sand glänzten flache Pfützen. Alles war in Silber getaucht.

Lily, Sam und Jay waren zum Leuchtturm gegangen. Caitlyn trug gerade einen Eimer, den sie ihrer Schwester nach oben reichte. Wasser schwappte auf ihren Kopf über und sie quiekte.

»Emily! Kannst du nicht aufpassen?«

Sam, Jay und Lily tauschten entzückte Blicke aus. Sie konnten sich einfach nicht daran gewöhnen, die Schwestern zusammen zu sehen. Es war, als wären sie Figuren, die aus einem Buch in die echte Welt getreten waren. Oben im Turm pfiff der Wind unnachgiebig durch das kaputte Fenster im Leuchtfeuerraum und ließ sie zittern.

Sie alle schnappten sich einen Lappen und fingen an, den Dreck, der sich über die Jahre angesammelt hatte, von den Scheiben zu schrubben. Sam hob Lily auf die Schultern, damit sie an die hohen Stellen kam. Stück für Stück war mehr von dem Meer und der Stadt zu erkennen. Lily hatte ganz richtig vermutet. Bei Tageslicht war es wirklich wunderschön! Bis zum Vormittag glänzten die Fenster. Ms Bright trat zurück, eine Hand hatte sie mit der ihrer Schwester verschränkt, während sie sich mit der anderen die Augen abschirmte, um suchend auf das Wasser hinauszublicken.

Der Leuchtturm war gebaut worden, lange bevor es Elektrizität gab. Daher bestand das Leuchtfeuer aus einer riesigen Petroleumlampe, und das Licht wurde durch eine aufwendig geschliffene, große Linse gebrochen, damit es stark genug war, um verirrte Schiffe zu führen. Ms Bright schickte Lily und ihre Freunde ins Quartier des Leuchtturmwärters, während sie und Caitlyn Petroleum in die Lampe gossen und sie anzündeten. Voller Schuldgefühle sah Lily sich im Raum um. Sie hievte das Bücherregal wieder hoch, sammelte die verstreuten, muffigen Bücher auf und sortierte sie ordentlich wieder ein. Dann trat sie ans Fenster und sah auf die Stadt hinaus.

»Ist es nicht lustig? Vor so vielen Jahren hat schon jemand *genau hier* gesessen und *genau diese* Aussicht genossen.«

Sam grinste. »Ich erinnere mich noch an eine Zeit, in der du solche Dinge als Beleidigung gesagt hat. Jetzt klingst du fast ... beeindruckt.«

Lily streckte ihr die Zunge raus. Plötzlich strahlte ein gelbes Licht über das Wasser, von oben ertönte siegreiches Jubeln. Ms Bright steckte den Kopf durch die Falltür.

»Kommt hoch und seht es euch an.«

Sie kletterten die Leiter hoch und ihre Augen wurden groß, als sie das brennende Licht in der Mitte des Turms erblickten. Ms Bright hockte sich hin und zeigte auf die gigantischen Räder, die sich unter der Lampe befanden.

»Seht mal, die bewegen das Licht im Kreis.«

Sie packte die Kurbel an einem der großen Räder und drehte kräftig. Einige Sekunden lang rührte es sich nicht. Doch dann blätterte der Rost ab und es setzte sich mit einem seufzenden Ächzen in Bewegung.

Lily sah die Lampe an, aber sie bewegte sich nicht.

»Keine Angst! So dreht sich das Licht nicht, sonst müsste der Wärter ja ununterbrochen hier stehen und die Kurbel betätigen. Man zieht sie auf wie eine Uhr. Hört ihr?«

Lily neigte den Kopf, während Ms Bright das Rad weiterdrehte. Im Herzen des Turms regte sich etwas, es ächzte, als wäre es gerade aus einem sehr langen Schlaf gerissen worden. Auf Ms Brights Stirn bildete sich Schweiß, aber ihre Augen leuchteten freudig.

»Diese Kurbel hier hebt ein Gewicht in der Mitte des Turms. Wenn das Gewicht sich wieder senkt, bewegt es die Zahnräder hier oben.«

Das Rad bewegte sich schneller, es nahm an Fahrt auf, bis es mit einem dumpfen Dröhnen zum Stehen kam. Ms Bright sah lächelnd zu ihrer Schwester auf und nahm die Hände von der Kurbel. Kurz war es still und dann ertönte ein entsetzliches Reiben, während die uralten Räder gegen die Rostschichten ankämpften, die sie überdeckten. Eine

Reihe von Knacklauten war zu hören, bis sich die Zahnräder endlich drehten. Der Lichtstrahl auf dem Wasser bewegte sich. Die fünf sprangen jubelnd auf und ab. Lily beobachtete den riesigen Mechanismus genau.

»Wie lange dauert es, bis das Gewicht ganz unten ist?«, fragte Jay.

»Ich bin nicht sicher«, sagte Ms Bright. »Zwei oder drei Stunden, würde ich sagen. Dann müssen wir wieder raufkommen und es aufziehen.«

Sam pfiff. »Kein Wunder, dass es ein Vollzeitjob war, Leuchtturmwärter zu sein.«

Sie kletterten wieder nach unten ins Quartier. Ms Bright hielt inne und sah sich um. Lily stellte sich neben sie.

»Denken Sie an Ihren Großvater?«

Ms Bright nickte. »Hmm. Es ist seltsam, sich vorzustellen, dass das hier sein Zuhause war.« Mit einer Hand strich sie über den Sessel. »Aber ich frage mich, ob ich es in Schuss bringen könnte.«

»Um hier zu leben?«, fragte Lily und sah sich skeptisch um.

Ms Bright lachte. »Glaubst du denn, hier wäre genug Platz für all meine Bücher? Nein, nicht zum Leben. Als Ort für die Stadt vielleicht. Damit die Leute den Turm besichtigen können. Um einen Teil der Vergangenheit zu sehen.«

Lily lächelte. »Das klingt sehr nach einem Museum.«

»Scheint ganz so. Ich und meine Museen.«

»Ohne das Museum hätten wir Sie nie gefunden. Oder den Diamanten. Oder Ihre Schatzsuche.«

Ms Bright legte die Hand an den Mund, als wäre der Gedanke an die Schatzsuche einfach zu viel für sie. Lily verstand das. Nun ja, ein bisschen jedenfalls. Es war schwer, sich so etwas vorzustellen.

Sie gingen an den Strand und reckten die Hälse, um das Feuer im Leuchtturm von unten zu sehen. Sam ging Pommes kaufen. Sie setzten sich auf die Strandmauer, leckten sich das Salz von den Fingern und rollten die heißen Pommes im Mund hin und her. Lily versuchte, nicht zu zappeln, sie versuchte, das schwankende Gefühl von Übelkeit in ihrem Bauch zu ignorieren. Sie zwangen sich zu einem Gespräch, schwiegen nach einer Weile aber doch wieder.

Die Sonne schwebte über dem Wasser und erhellte nur schwach den Himmel. Irgendwann blieb der Lichtstrahl im Turm stehen. Caitlyn seufzte und machte sich auf den Weg in den Leuchtfeuerraum. Ms Bright spazierte über den Strand und trat gegen den Sand.

»Ich ertrage das nicht«, flüsterte Sam.

»Dann stell dir vor, wie sie sich erst fühlen muss«, sagte Lily.

»Sie sagt, dass sie nicht mal zu hoffen wagt«, sagte Jay.

»Natürlich hofft sie«, sagte Lily. »Man kann nicht anders. So sind Menschen eben.«

Die Schwestern kehrten zur Bank zurück, ihre Gesichter waren blass und erschöpft. Die Sonne sank immer tiefer. Mit einem zittrigen, wässrigen Lächeln sah Ms Bright die drei Kinder an.

»Ich bin nicht sicher, wie lange wir hier sitzen sollten.«

Lily nahm ihre Hand. »Sie wird kommen, Ms Bright. Sie wird kommen.«

Plötzlich sprang Lily auf die Mauer. Sie schirmte ihre Augen ab und spähte hinaus aufs Meer. In der grauen Masse war ein winziger grüner Fleck zu erkennen. Sie wedelte mit den Armen, sprang auf und ab.

»Da ist ein Boot! Da ist ein Boot! Ich sehe ein Boot!«

Die anderen erhoben sich und blickten verzweifelt auf den Horizont hinaus.

»Wir sind eine Küstenstadt, Lily. Hier gibt es viele Boote«, sagte Ms Bright, schaffte es aber nicht, das Beben in ihrer Stimme zu verbergen. Ihre Hände zitterten.

Qualvoll langsam wurde der grüne Punkt größer. Lily fühlte sich, als würde sie gleich den Verstand verlieren. Ms Brights Fingerknöchel waren ganz weiß, ihre Nägel drückten rote Halbmonde in ihre Handflächen. Caitlyns Hand lag auf ihrer Brust und klopfte unregelmäßig an ihr Herz. Näher und näher kam das Boot, das ab und an vom schwankenden Licht des Leuchtturms erhellt wurde.

Ms Bright stieß einen hohen Schrei aus und rannte Hand in Hand mit Caitlyn los. Sie wirbelten haufenweise Sand auf und ihre Haare und Mäntel wehten flatternd im Wind. Mehr als einmal verlor Ms Bright beinahe das Gleichgewicht. Lily und ihre Freunde liefen hinterher, ihre Beine kämpften sich vor, die Arme hatten sie für die Balance seitwärts ausgestreckt. Am Ufer blieben sie stehen, damit die Wellen nicht in ihre Stiefel schwappten. Aber Ms Bright und ihre Schwester hielten nicht an.

Sie rannten schreiend weiter, als das Wasser an ihren Füßen zog, und kämpften sich voran, bis es ihre Knöchel und die Knie bedeckte. Ms Brights Mantel wurde schwer, als er sich vollsaugte. Er trieb wie eine prachtvolle Qualle hinter ihr auf dem Wasser und zog sie kräftig zurück Richtung Ufer. Mühevoll streifte sie ihn ab, als das Wasser ihr bis zur Taille reichte. Tränen liefen über ihr Gesicht, als die Frau aus dem Boot sprang und auf sie zulief. Das Wasser verlangsamte alles, sodass es wirkte, als würde Lily ihr Wiedersehen in Zeitlupe anschauen.

Dann endlich erreichten die Frauen einander, die beiden Schwestern stürzten sich weinend in die Arme ihrer Mutter. Joanie McCrae löste sich von ihren Töchtern und hielt sie eine Armlänge entfernt, um die Hände an ihre Wangen zu legen. Ihre Schultern bebten vor Schluchzern und Kälte. Caitlyn und Ms Bright klammerten sich an ihre Mutter. Zwanzig Jahre nachdem sie das erste Mal nach Edge zurückgekehrt war und ihr Haus leer und ohne ihre Töchter vorgefunden hatte, kam Joanie McCrae endlich wieder zu Hause an.

SECHSUNDDREISSIG

Sie saßen in Ms Brights kleiner Küche, wo die drei Frauen sich über ihre Teetassen hinweg zaghafte Blicke zuwarfen. Joanie McCrae wurde von Ms Bright in eine große karierte Decke eingewickelt und starrte diese unbekannte, erwachsene Emily offensichtlich verzückt an. Die nassen Mäntel auf den warmen Heizungen hatten die Fenster beschlagen lassen. Irgendwann konnte Lily die stille Freude nicht mehr ertragen. Erwachsene waren einfach zu nichts zu gebrauchen.

»Also, was ist passiert?«

»*Lily*«, sagte Ms Bright.

Joanie lachte. »Nein, nein, schon okay.« Sie fuhr sich mit der Hand durch die Haare. »So oft habe ich darüber nachgedacht, was ich euch beiden sagen würde, wenn ich euch finde. Aber jetzt, wo es so weit ist, weiß ich nicht, wie ich es erklären soll.«

»Ist in Ordnung, Mum«, sagte Caitlyn und griff nach ihrer Hand.

Joanie hob ihre Tasse an die Lippen, trank aber nicht. Sie setzte sie wieder ab und schloss die Augen.

»Am nächsten Morgen hat mich jemand einige Städte entfernt von hier gefunden. Also nachdem … nachdem er mich aus dem Boot geworfen hatte. Ich habe mich an die Felsen geklammert, halb tot und im Fieberwahn. Ich konnte ihnen nicht mal meinen Namen nennen. Ich habe die ganze Zeit etwas von meinen Töchtern und einem Diamanten geschrien. Erst nach mehreren Wochen war ich wieder fit genug zum Reisen. Als ich hier in Edge ankam, wart ihr weg. Ich war mir sicher, dass er euch hatte.«

Ihre Stimme brach. Ms Bright zuckte zusammen. Eine Zeit lang schwieg Joanie, aber als sie weitersprach, war ihre Stimme kräftiger.

»Ich bin natürlich zur Polizei gegangen. Am Anfang haben sie mich ernst genommen, mit zwei verschwundenen Kindern. Aber dann habe ich den Fehler begangen und ihnen erzählt, was passiert ist. Das war dumm! Es hörte sich verrückt an: Diamanten und Piraten, ein böser Mann, der mich vom Boot schubst. Ich bin nicht mal sicher, ob sie mir geglaubt haben, dass ich Joanie McCrae bin. Sie schickten mich mit einem Kopftätscheln weg und versicherten mir, dass sie ihr Bestes geben würden, um meine Töchter zu finden.«

»Uns haben sie auch nicht geglaubt«, sagte Sam. »Haben uns rausgeworfen und gesagt, dass wir ihre Zeit verschwenden.«

»Danach war ich erst mal verloren. Ich bin zurück in unser Haus und habe einfach nur die Wände angestarrt. Und dann, eines Tages, sind mir die losen Dielen in Emilys Zimmer wieder eingefallen.«

Ms Brights Kopf schnellte hoch. Joanie lächelte und schloss die Augen, eine Träne rann ihre Wange hinunter.

»Das war der glücklichste Moment meines Lebens. Bis dahin, jetzt der zweitglücklichste. Denn als ich deine versteckten Schätze dort fand, Emily, wusste ich, dass du da draußen warst. Ich wusste, dass er dich nicht hatte. Von dir gab es keine Spur, Caitlyn, aber ich hatte immer Hoffnung. Ich habe immer gehofft, dass ich auch dich finden würde, wenn ich Emily finde. Wochenlang habe ich mich im Haus versteckt, in der Hoffnung, dass ihr zurückkommt. Aber dann verlor ich langsam den Verstand. Ich habe nur noch den Anschein eines Lebens geführt und immer Angst gehabt, dass Snyde wiederkommt und seine Arbeit zu Ende bringt.«

»Du musstest verschwinden«, sagte Ms Bright.

»Ich bin in die Stadt zurückgegangen, in der ich angespült worden war. Die Frau, die mich rausgezogen hatte, schien zu verstehen, dass ich vor etwas Schrecklichem weglief. Sie half mir gerne dabei, ein neues Leben mit neuem Namen anzufangen. Als ich mich sicher gefühlt habe, fing ich an, nach dir zu suchen. Ich habe sogar einen Privatdetektiv angeheuert.«

Caitlyn sah erschrocken aus. »Einen Privatdetektiv?«

»Wir sind weggelaufen«, sagte Ms Bright. »Wir dachten, es wäre Snyde, der nach uns sucht, und sind weggelaufen.«

Joanie schüttelte den Kopf. »Wir können es nicht wissen, meine Lieblinge. Ich bin mir sicher, dass er auch Leute auf euch angesetzt hatte. Nach einer Weile wurde mir klar, dass ich euch nicht finden würde. Also musste ich dafür sorgen, dass ihr wisst, wo ihr *mich* findet, falls ihr jemals nach Hause zurückkehren würdet. Zuerst fiel mir nicht ein, wie ich sicherstellen könnte, dass ihr mich zwar findet, Snyde aber nicht. Und dann habe ich mich an unsere Spiele erinnert, Emily.«

»Die Schatzsuchen«, sagte Ms Bright.

»Genau. Ich brauchte ein Rätsel. Ein Rätsel, das nicht zu mir führt, sondern zu einem Gegenstand, der dir sagen würde, dass ich da draußen bin. Damit du wüsstest, wie du mich finden könntest, wenn es sicher wäre.«

»Der Diamant in der Lampe«, sagte Ms Bright.

»Ein Schatz. Genau wie in deinen Gutenachtgeschichten.«

Ms Bright nickte. »Und da habe ich gewusst, dass du es sein musst. Ich habe schon vorher an dich gedacht, als ich das Museum gefunden habe. Aber ich habe es nicht für möglich gehalten.«

Joanie legte die Hände an Ms Brights Wangen. »Natürlich nicht. Das Rätsel habe ich mir für ein unverbesserlich neugieriges kleines Mädchen ausgedacht. Ich habe dabei nie an dein erwachsenes Ich gedacht. Wie albern.«

Ms Bright lächelte Lily an. »Zu unser aller Glück hat dein Rätsel genau das richtige unverbesserlich neugierige kleine Mädchen gefunden.« Sie zog ihre Mutter in die Arme.

Lily wurde rot und sah aus dem Fenster. Das entfernte Licht des Leuchtturms drehte sich im Kreis und ließ die Stadt eine Sekunde lang farbenfroh erstrahlen. Sie dachte an die Bibliothek und das Museum. Sie dachte an Ms Hanans Klassenzimmer und Sams Zimmerfenster. Sie dachte an die Lasagne von Sams Dad, an den platten Rosenbusch ihrer Mum und an den dösenden Costello. Sie dachte an ihre Mum, die in der Küche herumwerkelte und dabei schrecklich sang. Sie dachte an den Küchentisch und die ganzen Abenteuer, die sie noch aushecken würde. Sie lächelte. Die McCraes waren nicht die Einzigen, die ihren Weg nach Hause gefunden hatten.

WEITERES SPANNENDES LESEFUTTER:

Robin Stevens
Spionieren ist (k)ein Kinderspiel
Abteilung für undamenhafte Aktivitäten
ISBN 978-3-95728-620-8

May Wong ist mutig, willensstark und will unbedingt dazu beitragen, den Zweiten Weltkrieg zu beenden. May weiß, dass sie die perfekte Geheimagentin wäre. Doch das Ministerium nimmt keine Kinder auf. Aufgeben ist für May aber keine Option. Sie nimmt die Sache selbst in die Hand und reist mit ihrem Freund Eric nach Elysium Hall, dem Haus der wohlhabenden Familie Verey. Sie haben den Verdacht, dass einer der Vereys Geheimnisse an die Nazis weitergibt. Aber Elysium Hall birgt mehr Geheimnisse, als May und Eric sich je hätten vorstellen können. Und dann wird auch noch jemand ermordet!

MYRTLE HARDCASTLE – DIE CLEVERE ERMITTLERIN AUS ENGLAND

Elizabeth C. Bunce
Mord im Gewächshaus
Ein Myrtle-Hardcastle-Krimi. Band 1
ISBN 978-3-95728-486-0

Die zwölfjährige Myrtle Hardcastle ist eine leidenschaftliche Verfechterin der Gerechtigkeit: Als ihre Nachbarin, eine wohlhabende Witwe und exzentrische Züchterin seltener Blumen, unter mysteriösen Umständen stirbt, ergreift Myrtle ihre Chance. Unterstützt von Miss Ada Judson, ihrer unerschütterlichen Gouvernante, will Myrtle den Mord an Miss Wodehouse beweisen und den Mörder finden, auch wenn ihr sonst niemand glaubt – noch nicht einmal ihr Vater, der Staatsanwalt der kleinen Stadt …

AUF DIE SPURENSUCHE, FERTIG, LOS!

Elizabeth C. Bunce
Mord im Handgepäck
Ein Myrtle-Hardcastle-Krimi. Band 2
ISBN 978-3-95728-554-6

Elizabeth C. Bunce
Das Geheimnis des Glockenturms
Ein Myrtle-Hardcastle-Krimi. Band 3
ISBN 978-3-95728-653-6

Elizabeth C. Bunce
Eine Schifffahrt, die ist tödlich
Ein Myrtle-Hardcastle-Krimi. Band 4
ISBN 978-3-95728-721-2

Titel der Originalausgabe: *Looking for Emily*
Copyright © 2022 Nosy Crow Ltd, London
Copyright Text © 2022 Fiona Longmuir
This translation of *Looking for Emily* is published by arrangement
with Nosy Crow ® Limited.
Copyright Umschlagillustration © 2023 Verena Körting

Deutsche Erstausgabe
2. Auflage 2023
Copyright © 2023 von dem Knesebeck GmbH & Co. Verlag KG, München
Ein Unternehmen der Média-Participations
Projektleitung und Lektorat: Elisabeth Leuthardt, Knesebeck Verlag
Übersetzung: Bianca Dyck, Köln
Schriftgestaltung Umschlag: Leonore Höfer, Knesebeck Verlag
Satz und Herstellung: Arnold & Domnick, Leipzig
Druck: BALTO Print, Litauen
Printed in Lithuania

ISBN 978-3-95728-765-6

Elektronisch ist folgende Ausgabe erhältlich:
eBook (epub): ISBN 978-3-95728-790-8

Alle Rechte vorbehalten, auch auszugsweise.

www.knesebeck-verlag.de

© 2021 Gerth Medien
in der SCM Verlagsgruppe GmbH
Dillerberg 1, 35614 Asslar

Wenn nicht anders angegeben, wurden die Bibelstellen
der folgenden Übersetzung entnommen:
Hoffnung für alle®, Copyright © 1983, 1996, 2002, 2015 by Biblica Inc.®.
Verwendet mit freundlicher Genehmigung von Fontis – Brunnen Basel.
Alle weiteren Rechte weltweit vorbehalten.

Weitere Übersetzungen:

Neue Genfer Übersetzung – Neues Testament und Psalmen,
Copyright © 2011 Genfer Bibelgesellschaft. Verwendet mit freundlicher Genehmigung.
Alle Rechte vorbehalten.

Lutherbibel, revidiert 2017, © 2016 Deutsche Bibelgesellschaft, Stuttgart.
Die Verwendung des Textes erfolgt mit Genehmigung der Deutschen Bibelgesellschaft.

Neues Leben. Die Bibel, © der deutschen Ausgabe 2002 und 2006 SCM R.Brockhaus
in der SCM Verlagsgruppe GmbH, Witten/Holzgerlingen.

Bibeltext der Schlachter-Übersetzung, Copyright © Genfer Bibelgesellschaft, CH-1204 Genf.
Wiedergegeben mit der freundlichen Genehmigung. Alle Rechte vorbehalten.

2. Auflage 2023
Bestell-Nr. 817716
ISBN 978-3-95734-716-9

Umschlaggestaltung: Kathrin Steigerwald/www.kathrinsteigerwald.de
Satz: Uhl + Massopust, Aalen
Druck und Verarbeitung: Print Consult GmbH, München

www.gerth.de